¡Buen camino!

A Spanish Reading & Listening Language Learning Adventure

by Mercedes Meier

<u>COMPLETE SERIES</u>

This reading book includes the audio version. You can enter the link or scan the QR code before each chapter for the audio.

¡Buen camino!

This book is dedicated to all those who are devoted to learning the Spanish Language. Whether you are in a classroom setting or learning on your own; the learning of this beautiful and rich language will open many doors of opportunity for you.

Special recognition goes to all the students that I have met in the classroom and online. I am grateful for the times we shared, and for allowing me to be part of your language learning experience. It has been a very enriching process! Thank you for your dedication and work. I hope that the learning of Spanish has already made a difference in your lives!

I am a passionate traveler and have walked *El Camino* on four different occasions. All my walks ended in Santiago de Compostela. The first one started in León, the second one in Roncesvalles, the third one in Astorga and the last one in Sarria.

Walking *El Camino* has been a valuable experience in my life, it helped me to reflect and grow; I learned more about myself and was able to establish goals and objectives for my life. In the process, I met very interesting people from countries all around the world, took many pictures trying to catch the extraordinary sightings along the way, and had a truly exceptional time.

Enjoy the book series!

Mercedes Meier, Ph.D.
August 2016

TIPS FOR USING THIS BOOK:

Understanding a language by just listening is a big challenge; if you combine listening with reading, you increase comprehension. In order to increase your vocabulary and facilitate comprehension, use a dictionary that offers a variety of meanings according to context and that it offers audio. Communication needs to be active, not passive. A spoken word is more powerful. When learning vocabulary, repeat the words, say them aloud.

Creating your own glossary in this book will take more time than actually just reading the meanings if they were supplied for you. However, by finding the words, looking for them in the dictionary, and writing them in your personal glossary will improve your learning. You will discover many new words and the different meanings a word could have, depending on the context. It is recommended that you listen to all the chapters of the story the first time without pausing. Try to understand the general idea. Next, do a second reading, and going chapter by chapter, select the words you don't know. Look them up in a dictionary. If you go online, it will be better to use a specialized language dictionary.

During your first reading/listening you will find cognates and by seeing some words more than once, you will be able to understand the meaning.

To listen to the audio book while reading, scan the QR code or use the link in each chapter and play. You must have access to the internet.

Book Description

PART ONE (based on Volume 1) is intended for elementary levels. It uses basic vocabulary, primarily dealing with present tense. It requires active participation asking the reader to develop their own glossary.

PART TWO (based on Volume 2) is intended for reading at the end of the elementary levels or at the beginning of the intermediate level. There is a wide use of the preterit and the imperfect to help the reader practice past tenses, as well as with pronouns (reflexive, direct, indirect and double object).
It requires active participation asking the reader to develop their own glossary.

PART THREE (based on Volume 3) is intended for reading at the end of the intermediate level and for advanced readers. It offers ample opportunities for writing, and developing classroom conversations. It requires active participation asking the reader to develop the last chapter.

INDEX - PART 1 – Volume 1 11

Chapter 1 13

Chapter 2 15

Chapter 3 19

Chapter 4 23

Chapter 5 27

Chapter 6 28

Chapter 7 31

Chapter 8 34

Chapter 9 35

Chapter 10 36

INDEX - PART TWO – Volume 2 39

Chapter 11 41

Chapter 12 49

Chapter 13 51

Chapter 14 54

Chapter 15 59

Chapter 16 60

Chapter 17 68

Chapter 18 71

Chapter 19 76

Chapter 20 83

Chapter 21 89

INDEX – PART THREE – Volume 3 105

Chapter 25 107

Chapter 26 114

Chapter 27 119

Chapter 28 130

Chapter 29 138

Chapter 30 152

Chapter 31 168

Chapter 32 172

Chapter 33 182

Chapter 34 187

Chapter 35 193

Chapter 36 196

Chapter 37 202

Chapter 38 208

Chapter 39 216

Chapter 40 221

Chapter 41 228

Chapter 42 233

Chapter 43 238

Writing your Glossary 246

Questions to guide writing 248

¡A prepararse!
How much do you know?

España

¿Dónde está?
¿Qué sabes de España? ¿Conoces España?
¿Por qué visitar España? ¿Qué tiene para ofrecer?

¿Sabes algo del Camino de Santiago?
¿Te ves caminando por un mes cruzando España de punta a punta?

Si te ganas un viaje a España, ¿qué sitio eliges?
¿Por qué?

PART ONE

(VOLUME 1)

Capítulo I

http://chirb.it/N4E8CE

Chapter 1

*S*oy Jenna Jenkins, tengo 18 años, soy de Ocala, Florida. Ahora vivo en Homestead. Estudio mi primer semestre en la universidad. Tengo clases de matemáticas, español, sicología, historia y arte. No tengo hermanos y no conozco mucha gente en Homestead. Vivo con mi mamá y su novio. ¿Cómo soy? Yo soy flaca, alta, trigueña, tengo el pelo liso y largo. Tengo ojos grandes de color castaño. Soy muy creativa y la gente dice que puedo pintar muy bien, a veces soy muy sociable, otras veces soy tímida, depende de cómo me siento y con quién estoy.

¿Qué deseo? Quiero salir de mi mundo, es monótono y aburrido, siempre lo mismo. Deseo conocer otras culturas, otra gente, otros sitios. Me siento sola, mi madre está todo el tiempo trabajando, o con Alex, su novio. Él no me cae bien. Sueño con ganar el concurso y poder viajar a España.

¿Por qué yo? Porque me gusta mucho el español, porque quiero conocer España y sobre todo porque mi tipo de vacaciones favoritas es con una mochila. Me gusta caminar, ver la naturaleza, me interesa la arquitectura y España tiene edificios muy interesantes. Quiero tomar fotos y tocar mi armónica, la que pienso llevar si gano el viaje. Quiero ver montañas, no hay en Florida y no conozco nada más.

¿Qué quiero ser? No sé. Me gusta el arte, la música. Creo que el camino va a ser importante para analizar lo que quiero hacer y lo que puedo ser.

****

Esta es la composición que hice en mi clase de español para ganar un boleto de avión, de ida y vuelta, para viajar a España por un mes en las vacaciones de verano. ¡Me seleccionaron a mí!

¡Estoy muy emocionada, súper contenta! Estoy empacando en este momento. Salgo para España mañana a las ocho de la mañana.

En mi mochila llevo muy poco. Voy a caminar todos los días un promedio de seis horas. La mochila no puede ser ni estar pesada. Yo tengo una que no pesa mucho, no es muy grande. Es perfecta para mí y también es impermeable.

Me gusta mi mochila, es anaranjada y tiene muchos compartimientos para rápido acceso a mi botella de agua, mi cámara de fotos, el mapa del camino, un bolígrafo y una libreta para tomar notas. Tengo un libro con todas las recomendaciones y consejos para el viaje. El libro pesa un kilo (2.20 libras). Recomiendan que si yo peso 130 libras, la mochila debe pesar el 10% de mi peso, ¡es muy difícil empacar una mochila con 13 libras!

Tengo que acostumbrarme a los kilos para este viaje. Yo peso 59 kilos, yo creo que es imposible llevar sólo seis kilos con todo lo que necesito para un mes. Esta es la lista de lo que voy a llevar:

- Ropa interior (dos mudas), dos pares de calcetines, una camisa de manga larga, una de manga corta y una sin mangas, unos pantalones largos, unos pantalones cortos, unas botas para caminar por el día, unas sandalias para descansar, un suéter, un impermeable, una chaqueta liviana y un sombrero. También llevo un saco de dormir, una sábana, una almohada y una toalla pequeña.

El problema es que con la pasta de dientes, el champú, el jabón, el desodorante, la crema para el sol, el gel para el pelo y algunas medicinas (por si acaso); mi mochila pesa 16.5 libras. ¡Ah!...y claro, también llevo mi iPad, mi teléfono en España no tiene servicio, así que no lo voy a llevar. Mi mamá dice que tengo que escribirle dos o tres veces por semana.

Son las doce menos diez, es muy tarde, ¡tengo que irme a dormir! Salimos de casa a las cinco de la mañana para llegar temprano al aeropuerto. Primera vez que voy a viajar en avión, no tengo miedo, pero estoy curiosa y muy entusiasmada.

Capítulo II

http://chirb.it/dPC3JM

Chapter 2

Mi diario

domingo 9 de junio del 2013

Estoy viajando a España; este es mi diario y lo voy a hacer en español. ¡Me encanta este idioma! Llegar a ser bilingüe es mi reto personal. Quiero aprender esta lengua de una vez; lo puedo escribir bastante bien pero lo hablo muy mal, así que aquí voy a tener muchas oportunidades de conversar. El problema va a ser entender lo que me dice la gente.

Como mi nombre es Jenna, en España me dicen Jena o Jenara con el sonido fuerte de la J. A veces no sé cuando la gente habla conmigo. Mi profesora de español siempre nos habla del Camino a Santiago, y bueno, aquí estoy, a punto de comenzar. Estoy en un autobús que va a Roncesvalles. Pienso caminar por un mes, voy a recorrer 800 kilómetros hasta Santiago de Compostela.

****

Son las 4:30 PM y del autobús se bajan nueve personas que tienen mochilas. Todos van a la oficina del peregrino a registrarse y recibir su credencial.

Dentro de la oficina un hombre calvo y regordete, de aspecto simpático, que tiene aproximadamente 50 años, pide los pasaportes y entrega las credenciales. La chica alemana que está delante de Jenna, habla muy bien en español y no tiene problemas. "Dios mío, estos españoles tienen un acento bien diferente al que me enseñaron en la universidad" piensa Jenna. Es el turno de Jenna y el hombre le dice:
-Bienvenida a Roncesvalles, ¿cómo te llamas?
-Buenos días, soy Jenna- contesta ella y le entrega el pasaporte al hombre.
El hombre toma su pasaporte y sonríe diciéndole:
-Jenara, buenas tardes, quieres decir- mira el pasaporte y dice:
-¡Ah, claro!, vienes de los Estados Unidos, allá sí que es de mañana, pero aquí de tarde, tenemos seis horas más que vosotros, aquí son las dieciséis horas. ¿Cómo pronuncias tu nombre?-
Jenna sólo entiende "pronuncias" y "nombre" así que dice:
-Jenna
Como no entiende nada más, ella saca dieciséis euros del bolsillo y se los da al hombre. El hombre se ríe y le muestra el reloj mientras le dice:
- Las dieciséis horas, no dieciséis euros. Solamente pagas un euro por tu credencial.
Mientras el hombre escribe los datos de Jenna en su credencial, Jenna mira alrededor confundida. Un chico de la línea de espera le habla con fuerte acento australiano:
-In Spain they use the military time, he's telling you it's 4:00 pm.
Jenna contesta muy rápido cuando escucha a alguien hablando en inglés:
-Thanks! Where are you from? You have an interesting accent.
El chico es joven, de aspecto amable y tiene un arete en la oreja y otro en la ceja. Él contesta:
-Sidney, Australia.

El hombre le entrega la credencial y el pasaporte a Jenna mientras le dice:
-¡Buen camino!
-¡Gracias!, contesta ella.
Jenna le sonríe al australiano y sale de la oficina. Afuera, ella ve los alrededores. Roncesvalles no es ni una ciudad ni un pueblo, es un caserío, sólo hay una iglesia, un restaurante, un albergue y otras casas. Ella tiene que buscar dónde va a dormir,

así que saca su libro de la mochila.
El australiano sale y se monta en su bicicleta. Jenna le pregunta:
-Are you doing el camino on a bike?
Mientras el chico se monta en su bici, le dice:
-Oh! Yes. People walk, bike, some bring a horse, como dicen en español: para todos los gustos. I am staying in Pamplona tonight, the place of the Running of the Bulls: Los Sanfermines-
Él comienza a rodar su bici, le sonríe a Jenna y se despide:
-¡Buen camino!- Grita él mientras se aleja.

Jenna se pone la mochila y piensa que está muy pesada. Ahora lo más importante es buscar un sitio para dormir. Ella cruza la calle frente a la iglesia, hay una casa grande que dice "Albergue de peregrinos". Ella ve a un grupo de peregrinos que entran y los sigue. Adentro, los chicos van directo a la habitación. La señora de la recepción se dirige a Jenna:
-Buenas, ¿en qué le puedo servir?
Jenna contesta:
-Una cama, por favor.
La mujer le entrega una hoja a Jenna para que ella la llene y le dice:
-Necesito tu credencial. Son cinco euros. Los baños están al final del pasillo. Si quieres cenar, hay un sitio donde sirven comida para los peregrinos. El menú cuesta nueve euros, y es la casa que está a la izquierda de la iglesia, muy cerca de aquí.
Jenna no entiende algo en la hoja y pregunta:
-¿Qué es apelido? -se corrige- apellido, perdón.
La mujer le enseña la credencial y el pasaporte y le contesta:
-Nombre Jenna, apellido Jenkins.
-Ah claro, sí... sí, gracias- contesta Jenna y le paga los nueve euros.

Personal Glossary: (Place a number by the word and the reference here)

17

La mujer estampa el primer cuadrado de la credencial, escribe la fecha y le devuelve la credencial y el pasaporte a Jenna.

-Hasta luego.

Jenna va al dormitorio donde están las camas. ¡El cuarto es enorme! Hay muchas camas literas. Es para hombres y mujeres, todos juntos. Ella elige una cama y pone sus cosas encima del colchón.

Jenna tiene muchísimo sueño. Está muy cansada pero también tiene hambre. En la clase de español siempre hablan de la siesta, ella va a tomar una pequeña siesta antes de ir a comer.

Pero Jenna se duerme y cuando se despierta está oscuro y escucha muchos ronquidos.

Ve su reloj y son las dos de la mañana. No tiene otro remedio que dormirse otra vez, o por lo menos tratar, a pesar de los ronquidos.

Capítulo III

http://chirb.it/A8OGcz

Chapter 3

A las 5:30 de la mañana, Jenna siente que su cama se mueve y ella se despierta asustada. Es la muchacha que está en la cama litera encima de ella, cuando la chica se mueve, la cama de Jenna también. Jenna escucha que hay varias personas levantándose. Escucha los cierres de las mochilas y algunos hablando alemán. El cuarto está oscuro pero las personas usan linternas de cabeza para empacar. Algunos salen y todavía es de noche. Ella sale de la cama y va al baño. Cuando regresa, la chica de la litera de arriba le dice con fuerte acento español:

-Oye maja, tienes que tener cuidado en los albergues cuando vas al lavabo, lleva contigo lo importante, no dejes la mochila abierta con todo regado. Sólo por seguridad, uno nunca sabe. ¡Buen camino!

La chica se da la vuelta y sale. Jenna está sorprendida. Cree haber entendido que debe tener cuidado con sus cosas, ¿cómo la llamó? ¿Maja?, "lavabo debe ser otra palabra para baño," pensó. ¡Cuántas palabras nuevas! Jenna tiene la misma ropa del día anterior, así que está lista para comenzar el día. Se pone la mochila y sale. Es un día precioso, hace sol y hace fresco. Ella tiene ahora mucha hambre pero no ve dónde puede comer. Hay montañas y valles verdes, se ve muy bonito todo.

Hay ovejas, vacas y caballos pastando al lado del camino. Ella sigue a los peregrinos, es fácil porque hay flechas amarillas que indican el camino. Camina por una carretera y llega en menos de cinco minutos a un pueblito. ¡Qué maravilla!

Ella ve un café donde muchos peregrinos entran y salen. Afuera tiene mesitas. Ella entra y ve que hacen jugo de naranja natural. Jenna escucha a las otras personas pedir bocadillos, magdalenas, tostadas. Ella no está segura de lo que eso es.
-Un jugo de naranja, por favor- pide Jenna.
La mujer que atiende, le dice:
-¿Cómo quiere el zumo, grande o pequeño? Tenemos un desayuno especial con un zumo pequeño, café con leche y un bocadillo de tortilla de patatas.
Jenna no responde porque no está segura de entender. La mujer le enseña un anuncio que dice 4.50 euros y tiene una foto del desayuno. Jenna asiente con la cabeza y paga. La mujer le da una bandeja con su desayuno y Jenna sale y se sienta en una mesita afuera y disfruta el desayuno. Ahora recuerda cuando en la clase la profesora siempre dice que en España se dice "patatas" en vez de papas y que la tortilla no es la de maíz o de harina como las de la comida mexicana.

La tortilla es de huevos, y la de patatas es un plato típico de España. El bocadillo de tortilla está rico. La tortilla no está caliente, está fría y es porque los bocadillos de tortilla son fríos. Jenna come casi todo, pero el sándwich es muy grande. Un chico se acerca y se sienta en la mesa de ella.
-Con permiso, ¡buen provecho!- dice el chico.
Él también tiene una mochila, y trae un café y un croissant.
Jenna sonríe y contesta:
-Lo mismo, ah...mmh..oh, igualmente.
-¿De dónde eres?- pregunta él.
-De América- contesta Jenna.
-Yo también, soy de Chile. ¿Y tú de qué país?

-De los Estados Unidos- responde Jenna.

El chico es muy buen mozo, alto y rubio. Él se presenta:

-Me llamo Julián.

Jenna no contesta enseguida porque está comiendo. Cuando traga, dice:

-Yo soy Jenna.

Jenna dice esto mientras aparta el plato porque no puede comer más. Julián responde rápidamente:

-¿No quieres más? ¿Estás llena? Si no lo quieres, me lo como yo, ¡me fascinan los bocadillos de tortilla!

Jenna se ríe. No, ¡no estoy llena! ¡Soy Jenna! Mi nombre se escribe: jota – e – ene – ene – a. Yo sé las diferencias: Soy Jena, estoy llena, es más, ahora estoy llena, pero más tarde voy a tener hambre. Con permiso... Jenna toma el sándwich y lo pone en su mochila. Julián sonríe avergonzado y dice:

-¡Tenemos tres cosas en común! Los dos somos de América, nuestros nombres comienzan con J y aquí estamos, en el camino rumbo a Santiago.

Jenna se pone roja, está nerviosa. No sabe qué decir ni sabe qué hacer, así que se levanta y se pone la mochila. Sin querer golpea una silla que se cae. Julián se levanta y levanta la silla del piso.

-Mucho gusto, Julián.

Julián le da un beso en cada mejilla, sonríe, le guiña un ojo y contesta:

-En España son dos besos, ¡qué suerte! ¡Encantado! Seguro que nos vemos más adelante.

Jenna se va caminando. No está acostumbrada a chicos tan directos y tan guapos. Él la pone nerviosa. Julián observa a Jenna mientras camina y ve la mochila de Jenna. Él toma su café de un trago y termina el croissant de un bocado. Toma su mochila y sigue a Jenna rápidamente. Cuando llega cerca, la llama:

-¡Jenna! ¡Jenna!... Oye, necesitas el símbolo del camino, ¿Cómo es que no tienes la concha en tu morral? ¿Y tampoco llevas un palo?

Personal Glossary: (Place a number by the word and the reference here)

....

Julián le muestra la concha de mar, símbolo del camino que los peregrinos llevan colgando de sus mochilas. Es una gran concha blanca que tiene pintada una cruz roja.

-¿Por qué necesito una? – pregunta ella.

-Bueno, es que te protege en el camino, es un símbolo de Santiago el apóstol- le dice él.

Julián saca la concha de su mochila y la pone en las manos de Jenna, él le dice:

-Toma, es un regalo para ti. Es bueno que consigas un palo también, en caso de que tengas que caminar por sitios difíciles, defenderte de perros, o personas, ¿no?

-Oh, gracias, si voy a buscar un palo en la montaña- responde ella.

Julián comenta:

-Tengo que regresar a comprar una botella de agua. Ve con cuidado, quizás hay lodo.

Jenna se para en seco, toma la concha y la tira fuertemente contra Julián. Indignada ella responde:

-Kiss ass? Ahh?!

Ella se da la vuelta y se va caminando de prisa. Julián se queda desorientado, toma la concha del piso, se la pone en su mochila. Él camina de regreso al café y se encuentra con dos chicos en el camino.   Ellos le dicen:

-¡Buen camino!

-¡Buen camino!- contesta Julián.

Los chicos sacan una cámara y le dicen a Julián:

- ¿Puedes sacarnos una foto por favor?

Julián asiente y la toma, escucha a los chicos decir algo en inglés.   Julián les pregunta sobre el posible malentendido con decir "Quizás hay lodo", ellos se comienzan a reír y pronto están riéndose los tres. Ahora Julián sabe que tiene algo que explicarle a Jenna si la vuelve a ver. Él desea verla de nuevo, esa chica tiene unos ojos bellísimos y mucho más...

Capítulo IV

http://chirb.it/f0dKkM

Chapter 4

*H*ay un bosque lleno de árboles, ella nunca había visto tanta vegetación con tantos tonos de verde.

Hace fresco, hay humedad, Jenna piensa que tiene un poquito de frío. Es una subida, ella camina despacio, hay lodo en el camino y está resbaladizo. Jenna se para para ver unos caracoles, piensa que son como ella. Se siente como un caracol cargando su mochila.

Es interesante como los caracoles llevan su casa a cuestas y pueden viajar a donde quieran. Jenna saca su cámara de fotos y fotografía a los caracoles.

Ella continúa la subida y al llegar a la cima, aparece un valle iluminado con los rayos de sol de la mañana y hay una luz preciosa, los colores son vivos y hermosos, huele a tierra húmeda y a ganado. Hay vacas y caballos en el pasto. Ella camina admirando todo.

Personal Glossary: (Place a number by the word and the reference here)

_____   _____   _____   _____

De pronto ve a una mujer que está tomando fotos de una vaca y un becerro recién nacido. El becerrito todavía tiene el cordón umbilical. Jenna ve que la mujer está llorando. La mujer es rubia, mayor, y parece estar muy triste o preocupada. Jenna se acerca a la mujer y le habla:
- ¿Está bien, señora?

La mujer mira a Jenna y sonríe:
- Oh, sí. Estoy llorando de felicidad, ¡de emoción! Estoy muy bien, gracias.... ¿Cómo te llamas?
- Jenna- contesta la chica.

La mujer extiende los brazos celebrando y dice:
-Soy Briggitte. Hoy día, lunes 10 de junio, cumplo 50 años y mi regalo es hacer el camino. No me siento vieja. Comienzo una nueva vida, luego de un divorcio, mis hijos ya no están y ahora es un nuevo comienzo. Hoy es el primer día de mi camino y esto es un símbolo muy especial. Este becerro acaba de nacer.
- ¿Becerro?- pregunta Jenna.

Briggitte se da cuenta que Jenna no sabe bien el idioma y le dice mostrando los animales:
- Los hijos de la vaca, son becerros.... ¿Y tú, qué haces aquí? ¿Viajas sola?
-Sí, quiero aprender bien el español, y conocer... conocer.

A la mujer se le salen las lágrimas y sonríe... Las dos observan como la vaca limpia a su becerro y él poco a poco se pone de pie. Una luz hermosa ilumina la escena. Todo luce muy bello.

Briggitte muy emocionada comenta:
-Esto representa mi renacer. El primer día de mi camino y el primer día del resto de mi vida.

Jenna le sonríe y continúa, ella se despide:
-Buen camino.
-Excelente camino - contesta Briggitte.

Personal Glossary: (Place a number by the word and the reference here)

Jenna continúa el camino. Hay muchos peregrinos, jóvenes y mayores. Algunos pasan a Jenna porque caminan más rápido que ella, a otros, que son más lentos, ella los pasa. Pero luego, más tarde, todo cambia, todos llevan diferentes ritmos. Siempre se saludan. Jenna distingue los acentos de las personas. Muchos llevan las banderas de sus países en las mochilas. Ella ve a personas de Inglaterra, Alemania, Canadá y Brasil. La señora Briggitte seguro que es francesa porque su español suena como francés.

De repente, el camino se vuelve angosto y hay una gran bajada. Como está en sombra, hay lodo y está muy resbaladizo.

Jenna no tiene tiempo de reaccionar, al dar un paso, se resbala y no tiene de dónde agarrarse, así que se cae y rueda por el lodo.

Cuando ella intenta levantarse, nota que le duele el pie izquierdo. Se pone de pie poco a poco. Tiene los pantalones inmundos, están totalmente sucios.

Jenna abre su mochila, ella busca su bolsa de medicinas. ¡Está debajo de todo! Tiene cuidado al sacar todo de su mochila. Finalmente, ella encuentra la bolsa con medicinas y se pone una venda en el pie.

Mientras cierra la mochila y se prepara para seguir, ve a tres chicos que se acercan. En lo que ella trata de dar un paso, le duele mucho el pie.

Los tres chicos llegan y ella reconoce una voz detrás de ella.

¡Jenna, tengo una canción que necesitas escuchar! -dice Julián- ¿Conoces a Nat King Cole? - pregunta él.

Julián llega junto a Jenna y ve que está muy sucia, tiene los pantalones llenos de barro. Jenna se lamenta al querer dar un paso. Julián reacciona rápidamente y la toma por el brazo para ayudarla. Julián le dice:

-El lodo es muy resbaloso. Vas a tener que usar mi palo al caminar, para que te ayude a soportar el peso con cada paso de este lado. Así no haces tanto esfuerzo con este pie.

-Gracias- dice Jenna.

Julián presenta a los canadienses. Uno de ellos sonríe y le pone directamente los audífonos a Jenna. Ella escucha la letra de la canción "Quizás" de Nat King Cole. Uno de los canadienses le dice "maybe, maybe"...quizás, quizás, quizás... Jenna mira a Julián y sonríe. Los cuatro continúan el camino.

-Al llegar al albergue, pones el pie en un cubo de agua caliente con sal. ¡Eso ayuda mucho!- dice Julián.

Jenna sonríe y contesta:

-Quizás.

Capítulo V

http://chirb.it/4dwPPm

Chapter 5

*E*sa noche en el albergue de Larrasoaña, Jenna está acostada en su cama. El cambio de horario, las seis horas de diferencia, la caminata y la caída la tienen exhausta. ¡Quiere dormir! Pero por otro lado, la emoción del camino, la gente que está conociendo, la aventura de un nuevo día, es todo muy interesante. Mañana van a llegar a Pamplona, la famosa ciudad de la celebración de "*Running of the bulls*". Jenna se pregunta si va a ver a los toros por las calles.

Jenna está recostada en su cama, el cuarto está oscuro, ella tiene su linterna de cabeza y está escribiendo en su diario. Jenna siente que la están viendo, ella voltea y ve a Julián que está acostado en una cama litera a su derecha. Él la mira profundamente y le sonríe. Ella cierra su diario y lo guarda, apaga su linterna y se acuesta.

Julián le dice:

-Buenas noches princesa.

Jenna contesta con una sonrisa:

-Hasta mañana.

Ella cierra los ojos y voltea la cara porque intenta que Julián no vea que está roja y nerviosa. Jenna sobre todo está inmensamente feliz de estar en España y por la oportunidad de realizar un viaje que promete un mundo de aventuras y emociones. Ya no tiene dolor en el pie y está lista para continuar su aventura.

Personal Glossary: (Place a number by the word and the reference here)

....

Capítulo VI

http://chirb.it/btOGpP

Chapter 6

*J*enna abre los ojos, mira su reloj. ¡Son las siete y media de la mañana! Ya casi no hay peregrinos en la habitación. Ella mira hacia la derecha y Julián no está. Ve a un grupo de italianos a la izquierda, están hablando, poniéndose las botas, terminando de vestirse, ya listos para salir. Jenna se levanta y va al baño con su mochila. No le molesta el pie, ya no tiene dolor, ¡qué bien! Ella se cepilla los dientes, se lava la cara, se peina, se quita el pijama y se viste con sus pantalones cortos porque los largos están sucios. Se pone una camiseta. Piensa en sus compañeras de clase, a muchas no les gusta la idea de no tener secador de pelo y no usar maquillaje.

Jenna sabe que esto no es ir a una fiesta y está contenta de poder ser natural, ¡ser como es! Es más fácil y es real, lo mejor es que es súper cómodo.

Jenna sale de la habitación. En el albergue hay una cocina, pero ya no hay nadie. Ella tiene sus botas al lado de la puerta. Adentro de una de sus botas encuentra una nota que dice:

<Buenos días. Estoy en la cafetería que está enfrente del correo. Tienen WiFi y necesito mandar unos mensajes y buscar información. ¿Tomamos un café juntos?>

Jenna se pone sus botas y lee un anuncio del albergue en la puerta que dice:

"Un turista exige, un peregrino agradece, esa es la gran diferencia. Por eso prefiero los albergues."

Ella sale del albergue. Es un día precioso. Hace un poco de fresco, las montañas sobresalen a lo lejos entre la neblina de la mañana. Luego va a hacer más calor, ella va a estar bien, pero piensa que sin falta tiene que lavar los pantalones largos.

Personal Glossary: (Place a number by the word and the reference here)

_____   _____   _____   _____

Un chico vende bastones para el camino al lado de la entrada del albergue. Allí hay otro peregrino mirando los bastones. Jenna quiere comprar uno. El niño la saluda y el italiano le dice:
- Bon giorno
- Buenos días- dice Jenna.
Jenna prueba varios, uno le gusta mucho. Ella lo toma y pregunta:
- ¿Cuánto es?
- Cinco euros- dice el niño.
- ¡Cinco euros! ¿Qué tal la mitad, € 2,50?- dice indignado el italiano.
- Tres- contesta el niño. Él mira a Jenna.
Jenna tiene su dinero listo para pagar. Ella saca tres euros y se los da al niño. El italiano muestra otro palo.
- ¿Y ese?
- Tres también.
El italiano paga por el palo y lo toma. Jenna le sonríe. Los dos caminan hacia la cafetería. Al llegar, Jenna ve a Julián en una mesa con cuatro chicas. Él parece estar muy entretenido y ocupado. El italiano va a la barra y se sienta en un taburete. Jenna está confundida. Es un bar y sirven desayuno. ¡Hay niños tomando café con pan tostado en un bar! Ella ve que venden cerveza, vino, tienen botellas de alcohol. ¡Qué extraño, piensa!

El italiano pide un café con leche grande. Jenna se sienta en un taburete al lado del italiano y pide lo mismo.
-Soy Jenna, mucho gusto. Gracias por su ayuda con... -
Jenna le muestra el bastón, no recuerda la palabra.
-Certo... el bastón. Soy Luigi, mucho gusto.
La mujer sirve los cafés. Luigi toma su café rápidamente y paga.
-Ciao bella. Sigo mi camino, mis amigos están adelante, tengo que alcanzarlos antes de llegar a Pamplona.
-¡Buen camino! Chao- contesta Jenna.
Jenna saca su iPad y finalmente le escribe un mensaje a su mamá que dice:
<All is well, I'm doing very well... Todo está bien, yo estoy muy bien. Hay buen clima, buena comida, buenas personas. Tienes que aprender el español, mamá. Hasta pronto>.

Personal Glossary: (Place a number by the word and the reference here)

Jenna revisa, lee y contesta sus mensajes. Ella toma su café con leche y paga. Cuando sale, Julián y las chicas no están. Ella busca las señales del camino: las flechas amarillas y las conchas.

Sigue el camino. Ahora no hace calor, no hace frío, está totalmente despejado. ¡Hace muy buen tiempo! Jenna está muy contenta y tiene muchas ganas de caminar. También tiene ganas de estar sola, a ella le gusta pararse cuando quiere, tomar fotos, siempre es muy independiente.

Jenna camina por senderos, pasa por caseríos, pasa a muchos peregrinos y otros la pasan a ella. A Jenna le gustan mucho las montañas, Florida no tiene montañas. Ella está feliz de respirar aire puro y de tener vistas espectaculares. No todo el camino tiene montañas. Por eso, ahora ella tiene que disfrutar cada momento. Hay muchas flores y árboles.

De pronto llega a un anuncio del camino que dice "Pamplona – 3 kms". Hay un papelito en una planta que tiene su nombre escrito. Ella lo ve, se sorprende, lo toma y lo abre. Sí, ¡es para ella!, es una nota de Julián:

Jenna: en Pamplona hay un monumento que es muy interesante. Se llama "Monumento al encierro". Está en la calle Roncesvalles y la Avenida Carlos III. También hay un buen restaurante para comer tapas y hay una estatua de Ernest Hemingway. Te veo en el Monumento al mediodía.

Jenna piensa que es buena idea encontrar a Julián. Pamplona es una ciudad grande y ella no quiere perderse. También quiere ver las cosas importantes. Ahora son las 11:20 am. Faltan tres kilómetros, menos de dos millas; ella puede llegar a las 12:00 sin problema. Además, le gusta la idea de ver a Julián.

Personal Glossary: (Place a number by the word and the reference here)

30

Capítulo VII

http://chirb.it/LG1b9x

Chapter 7

*P*amplona es una ciudad bonita, no es muy grande. Es interesante. Jenna busca el monumento, llega a tiempo.

Julián la está esperando. Van al restaurante donde está la estatua de Hemingway en el bar. Ellos caminan por una calle que tiene muchas tiendas interesantes.

En una tienda tienen una estatua de Don Quixote de la Mancha.

Van al sitio donde hacen los Sanfermines. Caminan por las calles donde los toros y las personas corren durante el festival.

A las dos de la tarde van a comer a una tasca y piden tapas. Las tapas son una forma fascinante de comer. Muchos platos diferentes y poca cantidad, así se puede probar mucha comida. Jenna prueba por primera vez comida muy diferente y le gusta mucho el queso Manchego y el jamón ibérico. También le gustan los callos a la madrileña y los camarones al ajillo. A Julián le encanta el pulpo, pero a ella no le gusta.

Todo va muy bien hasta que es la hora de pagar. Ella tiene dinero en el bolsillo pero quiere usar la tarjeta de crédito. Necesita mostrar el pasaporte para usar la tarjeta. Ella busca el pasaporte y no lo encuentra. Ella se preocupa, lo busca en la cartera otra vez, busca en su mochila, en todos los bolsillos pero no encuentra nada. En el restaurante hay muchos peregrinos y mucha confusión. Todo pasa muy rápido.

@@@@@@@@

Jenna recuerda todo, paso por paso…

Ahora, ella está en el departamento de policía. Es definitivo, perdió su pasaporte y €90. Jenna no entiende cómo, dónde ni cuándo desapareció su pasaporte. Julián está buscando un albergue para tener camas seguras mientras ella hace la denuncia. Hay muchos peregrinos en el camino y a muchos les gusta quedarse en Pamplona porque es una ciudad muy famosa. Jenna espera hablar con un detective que está ocupado con otros peregrinos que también tienen un problema similar. Se abre la puerta y salen del despacho del detective las chicas peregrinas que estaban con Julián en la mañana.

El policía que está frente a Jenna le indica que debe entrar al despacho del detective. Ella entra. El detective, un hombre joven, está sentando escribiendo unos reportes.

-Buenas tardes- dice Jenna.

-Siéntese por favor- contesta el detective.

Jenna se sienta. El detective le muestra una foto y Jenna se sorprende. ¡Es una foto de Julián! Jenna no lo puede creer. El detective le dice:

-¿Lo conoces?

Jenna responde que sí con la cabeza. El detective continúa:

- Él es el culpable.

-¿Es él el culpable?- pregunta confundida Jenna.

El detective contesta:

-En los cinco casos que tengo, este cobarde roba solamente a las chicas, primero se hace buen amigo y luego les roba. ¡Cinco casos en las últimas 48 horas! Seguro que ahora se va lejos. Esperamos agarrarlo. El detective le explica adónde ir a pasar la noche en caso de que el albergue no tenga camas y que la policía quiera buscarla para darle su pasaporte y dinero si encuentran a Julián. Jenna le da las gracias al detective, toma la tarjeta y sale de la oficina.

Capítulo VIII

http://chirb.it/0LAb0p

Chapter 8

*J*enna no encuentra cama en un albergue pero sí consigue una habitación económica en el hotelito que le recomendó la policía. En el hotel, ella lava sus pantalones en una lavadora y los pone a secar. Jenna tiene ganas de llorar, se siente como una tonta y engañada. Ella siempre desconfía de la gente y con Julián ella fue muy boba.

Lo más importante es que ella tiene su tarjeta del banco para sacar dinero y también tiene €112 en efectivo. Es importante tener el dinero en distintos sitios y no llevarlo todo junto. ¡Menos mal! Jenna piensa si debe llamar a su mamá o no. Ella no sabe qué hacer. No quiere llamarla y decirle que tiene un problema en su segundo día. Va a estar un mes en España. No quiere que su mamá le diga que tiene que regresar a los EE.UU.

Ella saca su armónica de la mochila y la toca un rato. Se relaja. Decide no decirle nada a su mamá por ahora. Necesita salir y respirar aire fresco.

Jenna sale a caminar un rato por la ciudad, quiere comer algo. Tiene que pensar lo que necesita hacer, ahora sin pasaporte todo se complica. Ella solamente come una sopa y compra un helado que come mientras camina por una plaza que tiene mucha gente. Es increíble el número de familias y niños que están en la calle paseando a las diez de la noche. Los restaurantes están abiertos y muchas personas llegan a comer a esa hora. En España a las cinco de la tarde, ellos dicen a las diecisiete horas, nadie cena. Esa es la hora de la merienda: de tomar una bebida y comer un pastel o unas copas y unas tapas. Sin embargo a las ocho, nueve y diez de la noche, los restaurantes están llenos.

Jenna reconoce a algunos peregrinos caminando también por la calle. Ahora son las diez, ella está cansada y necesita ir a dormir. Decide no preocuparse ahora, mañana es un nuevo día.

Capítulo IX

http://chirb.it/nnxsk1

Chapter 9

*J*enna duerme profundamente. Es de noche. A través de la ventana entra un poco de luz de la calle. En la habitación el único ruido es el ventilador del techo.

Se escuchan unos ruidos afuera en el pasillo. Alguien está del otro lado de la puerta, tratan de abrir la puerta pero está con llave. Entonces meten algo en la habitación por debajo de la puerta. Jenna no se despierta. Está profundamente dormida.

Personal Glossary: (Place a number by the word and the reference here)

--------------------   -------------------   ------------------   -------------------

Capítulo X

http://chirb.it/wCtlBq

Chapter 10

A las seis en punto suenan las campanadas de la catedral. Jenna se despierta, ella se levanta y mira por la ventana. Encima de la torre de la catedral hay un nido enorme de una cigüeña. Es la primera vez que Jenna ve esas aves. La calle está desierta. Ella busca su cámara y toma una foto. Cuando va a ir al baño que está fuera de la habitación porque es compartido, es que se da cuenta que hay algo en el piso junto a la puerta. Es un sobre. Lo toma y al abrirlo ¡encuentra su pasaporte! Sorprendida, emocionada y muy contenta abre un papel para leer lo siguiente:

<No deseo arruinar tu sueño y tu viaje. Te devuelvo tu pasaporte. ¡Perdóname! Quizás nos vemos otra vez>.

Jenna abre la puerta, mira en ambas direcciones del pasillo, pero está vacío. Ella saca su diario y escribe:

Miércoles 12 de junio: Mis primeros días no son nada aburridos. Estoy en Pamplona, este viaje promete aventuras y quizás desventuras. Yo cada día aprendo nuevas palabras. Voy a crecer como persona, espero tener más confianza en mí misma. Voy a conocer gente de todo tipo. Hoy sé que lo último que se pierde es la esperanza, que hay gente que nos hace daño, no sabemos por qué, no conocemos sus motivos. Hay personas que necesitan ayuda y no tienen a nadie que los ayude. Hay otros idiotas que sólo quieren aprovecharse de la gente. Yo quiero aprender a reconocerlos a tiempo.

Y ahora frente a una hermosa catedral que tiene un nido enorme con esos pájaros que los cuentos dicen que traen a los bebés al mundo; estoy por comenzar un nuevo día, ¡voy rumbo al pueblo de Puente La Reina!.... ¡Ah! sí, ya recuerdo, el nombre del pájaro es "cigüeña", mi profesora dice: ya que la "u" suena, la letra sonríe, como en "bilingüe", ¿ves la cara feliz?: ü ¡Yo espero sonreír pronto porque lo voy a ser! Después de hacer el camino, mi español va a ser mucho mejor, sueño con ser bilingüe.>

PART TWO

(VOLUME 2)

Capítulo XI

http://chirb.it/44h9ct

Chapter 11

*J*enna está en la estación de policía de Pamplona con el detective que conoció el día anterior. Ella firma un papel y se lo entrega al detective diciendo:

-Esta mañana encontré mi pasaporte en el cuarto del hotel, Julián solamente se quedó con 90 euros.

−¡Difícil de creer! ese chico tomó el riesgo de regresar a devolverte tu pasaporte, ¡increíble!... Firma aquí por favor- le contesta el detective.

Ella firma el documento. El detective le comenta:

-Pues muy bien, buen camino y siempre atenta. Esto no es algo muy común en el camino, pero es bueno estar pendiente en los albergues y preferiblemente caminar con otros peregrinos para evitar los atracos.

Jenna pregunta confundida:

-¿Los tragos?... ¿agrados?... ¿Qué no es común? ¡no entiendo!

- Los atracos, robos, hurtos contesta el detective.

−¡Ahh!... voy a andar con cuidado. Gracias por todo- contesta Jenna mientras sale del despacho del detective.

– Vale, hasta luego- contesta él.

Al salir, Jenna va a la catedral de Pamplona, es bellísima, ella toma algunas fotografías del exterior e interior. Ve a unos peregrinos que se paran para ver el majestuoso edificio. Luego, para encontrar el camino fácilmente, ella los sigue.

Personal Glossary: (Place a number by the word and the reference here)

41

Una vez en el camino, ella se cruza con muchos peregrinos, y como siempre, todos se saludan con el cordial "buen camino".

Jenna piensa que es una forma de comunicarse tan universal como una sonrisa, todos lo dicen y todos lo entienden, ¡qué maravilla! Jenna se siente emocionada y feliz de estar allí en ese momento, de comenzar un nuevo día y de poder compartir esa experiencia con gente de tantos países del mundo. No va a permitir que lo de Julián la moleste.

Pasa un grupo de chicos y ella distingue a los canadienses que conoció con Julián. Los canadienses andan con una chica pelirroja.

Christophe saluda a Jenna guiñándole un ojo mientras continúa la conversación con la chica que no para de hablar:

- ¡No, no, no!! Los Aries son los mejores del zodíaco. Gente tranquila, sin rollos, positiva - dice la chica.

Philippe, el otro canadiense le dice a Jenna:

- Hola, ¿qué tal? *I thought you were way ahead of us...*

– ¿Recuerdan? ¡Dijeron que no iban a hablar inglés!- interviene inmediatamente la chica pelirroja.

Mirando a Jenna, ella se presenta:

– Hola, soy Elena, ¿y tú?

- Me llamo Jenna, mucho gusto.

Personal Glossary: (Place a number by the word and the reference here)

- Yo creo que los Leo son más exitosos, interesantes e inteligentes que los Aries- dice Christophe.

- ¿Y qué sobre los más pretenciosos, arrogantes, presumidos y creídos?- le pregunta Elena.

- Yo creo que los Escorpio son tan presumidos como los Leo; siempre quieren ser el centro de atención, dice riéndose Philippe.

- ¿Y tú, qué signo eres?, le pregunta Elena a Jenna.

- Soy Acuario.

Elena se sonríe y comenta:

- Así que tenemos un Leo, un Géminis, una Acuario y una Aries... Jenna, tú eres aventurera y segura de ti misma, ¿eres cabeza dura?... ¡Mi hermana es Acuario también y ella es imposible!, ¡súper terca!

Jenna responde mientras sonríe y se toca la cabeza.

- Sí, soy aventurera, estoy aquí... no entiendo qué es cabeza dura....

Philippe sonríe diciéndole:

- Cat Stevens, ¿conoces "Hard Headed Woman"? y canta la melodía...

Jenna se ríe y le pregunta:

- ¿Siempre tienes una explicación para las dudas con una canción?

Philippe contesta cantando:

- Quizás, quizás, quizás...

Ellos se ríen con ganas, excepto Elena que no conoce la historia.

- ¿De dónde eres?- le pregunta Jenna a Elena.

- Soy nicaragüense, ¿y tú? – contesta ella.
- Americana- contesta Jenna.
- ¿También eres canadiense? – pregunta Elena.
- No, soy norteamericana- dice Jenna.

Christophe interviene inmediatamente diciendo:
- Tan norteamericana como los mexicanos o los canadienses, no olvides que todos compartimos América del Norte. Lo apropiado es que te identifiques como estadounidense, ¿no crees?
- Sí, supongo que tienes razón- dice ella.

- ¿Te das cuenta, Jenna?, ese comentario de Christophe es propio de un Leo- comenta Elena.

Jenna añade:
- Yo creo que en inglés nos hace falta una palabra... "united-statian" para estadounidense. Todos decimos "American" cuando hablamos de nuestra nacionalidad.

En eso, llegan a un punto del camino donde dos peregrinos están tomando fotos de una iglesia en Cizur Menor y del valle al fondo. Al llegar, ellos se paran mientras uno de los hombres está diciendo:

- Mira qué hermosa vista de la Universidad de Navarra, y de todo Pamplona... ¡Cuánta historia!, ¡es fascinante!, los romanos, los musulmanes, los franceses, Carlo Magno, su ejército, Napoleón Bonaparte, todos pasaron por aquí...

Personal Glossary: (Place a number by the word and the reference here)

Jenna, Elena y los chicos toman fotos. Luego continúan el camino y los otros dos hombres caminan junto a ellos.
Uno de los hombres le dice al otro repentinamente:
- Bueno, continuando con las palabras... ¡monumento!
El otro, un poco mayor, le contesta:
- Ilegal
A lo que el primero responde:
- Abdominal
Elena no puede aguantarse y pregunta:
- ¿De qué se trata? ¿Es un juego?
Uno de los hombres les dice:
- Estoy estudiando español y estamos jugando a decir palabras en español que son casi idénticas en inglés... y si dices una que no es igual pierdes.
Elena contesta:
- Nosotros estábamos comparando los signos del zodíaco pero esto me gusta más...
Ella ve a sus compañeros de camino y les pregunta:
- ¿Qué les parece?
Philippe responde:
- Definitivamente más interesante que eso de los signos...
Christophe y Jenna asienten. Philippe le comenta a Jenna:
- Hablando de quizás, ¿qué pasó con Julián?
Jenna no quiere hablar del asunto y comenta:
- Pues la última vez que lo vi fue en Pamplona. Creo que se quedó allí...

Y Jenna, cambiando de tema a propósito dice:
- Mi palabra es excepcional, me cuesta trabajo decirla, me costó mucho aprender la pronunciación.

Christophe dice:
- Excitado.
Uno de los hombres contesta:
- Pero cuidado, porque no tiene exactamente el mismo significado. Puede crear confusiones.
- ¿Cómo? ¿Por qué?- pregunta Elena.
Jenna dice:
- Yo lo aprendí un día en mi clase de español. La profesora me preguntó ¿cómo te sientes si sales con Brad Pitt? Y yo le dije: ¡Excitada! porque en inglés se dice *excited*. Ella me explicó que es mejor decir emocionada, entusiasmada.
-Yo me puse muy embarazada en la clase- dice Jenna.
Todos se ríen. Uno de los hombres le explica a Jenna:
-Eso es lo que se conoce como un cognado falso, ya que embarazada significa estar encinta.
Jenna muestra cara de confusión.
-*To be pregnant*- aclara el hombre.
Jenna se pone roja como un tomate y sonríe apenada.
-Puedes decir avergonzada- le dice Elena.
Philippe comenta:
- Me gusta este juego, me ayuda a aprender español a mí también, yo soy *quebecuá* y mi primera lengua es el francés.
Uno de los hombres, el más joven, continúa:
- ¡Perfecto! Y esa es mi palabra.
– Excepción- dice el hombre mayor.
– Exhibición- dice Christophe.
– Importante- dice Elena ya que es su turno.
El camino se convierte en una subida y pronto les comienza a faltar el aire, así que dejan el juego de palabras.
Christophe va haciendo la subida con trabajos, de pronto dice:
Aquí estoy caminando todo el día y sin embargo creo que me estoy engordando.
A lo que Philippe riéndose contesta:
- ¡Pero es que no paras de comer! Tostadas y magdalenas con café para el desayuno, un bocadillo a media mañana, un plato de comida para el almuerzo, luego para merendar; cerezas, melocotones, plátanos, dulces, barritas de proteínas mientras caminas por las tardes, al llegar al albergue; un par de cañas –cervezas- con unas papitas y aceitunas, después para cenar una comilona tremenda con vino y helado de postre… ¡Nunca te había visto comer tanto, si sigues así vas a dar lástima!
Christophe sonríe y le da un golpe amistoso en el brazo, diciéndole:

- ¡Qué exagerado eres!
Y añade en inglés:
- *Don't feel sympathy for me, I am enjoying the best of both worlds!*

Continúan caminando en silencio por un rato. De repente Elena se ríe, y comenta:
- Acabo de recordar algo muy cómico que me pasó cuando fui a los Estados Unidos para aprender inglés. Por cierto que nunca lo aprendí muy bien porque solo estuve allí por dos meses. Cuando se acabó el curso de verano le di una tarjeta de *sympathy* a mi profesora al final del curso.
Todos se ríen menos Jenna, quien admite:
- Una vez más, no entiendo...

Elena le sonríe y le dice: simpatía en español es *friendliness.* Yo le quise dar una tarjeta para decirle gracias por todo, pero menos mal que mi profesora me dijo que es algo muy común entre los hispanohablantes. Me confesó que no era la primera vez que recibía una tarjeta de condolencia.

Personal Glossary: (Place a number by the word and the reference here)

_____   _____   _____   _____

_____   _____   _____   _____

Debido a que no hay ni una nube y el sol brilla intensamente; el grupo enfrenta la subida sin conversar mucho para poder soportar la dificultad del camino y el calor. En los alrededores se ven muchos molinos de viento. En España es común el uso de energía eólica.

Cuando llegan a la cima, hay una vista hermosa y un homenaje a los peregrinos, donde se puede leer: "Donde se cruza el camino del viento con el de las estrellas".

El grupo se detiene y todos admiran el lugar, disfrutan la brisa, y se toman fotos. Después les toca bajar la cima, pero no se les hace tan difícil ya que del otro lado de la colina hace algo de fresco y hay una brisa constante.

Personal Glossary: (Place a number by the word and the reference here)

Capítulo XII

http://chirb.it/8NPamB

Chapter 12

A las 3:30 pm el grupo llega a Puente La Reina. Los dos hombres mayores deciden seguir, pero Jenna, Elena y los dos canadienses buscan cupo en el albergue. Se quedan en un albergue no muy grande y privado. Cada uno paga cinco euros. El sitio está muy bien, tiene una lavandería, un salón con computadoras e internet, una cocina, una sala enorme con muchos libros del camino, baños muy cómodos y un hermoso patio. Definitivamente bastante mejor que los albergues anteriores.

Jenna por primera vez se da un baño bien largo, sin apurarse, tomándoselo con calma. Se lava el pelo, se pone ropa limpia y luego lava su ropa. Ella toma su tableta y va al salón donde tienen WiFi para escribirle a su madre. No le cuenta lo que pasó con Julián para no ponerla nerviosa.

Luego sale a pasear por el pueblo, llega a un río y ve el famoso puente. Ella saca su armónica de su pequeño bolso, se sienta en la grama a orillas del río y toca unas cuantas melodías.

Finalmente saca su diario, y escribe:

Jueves 13 de junio, 2013
Estoy sorprendida de mí misma. Paso el día sin teléfono, no le escribo mensajes a nadie. Hoy lo pensé cuando estaba caminando. Hubo dos ocasiones que sentí pena porque no supe cómo decir unas palabras en español, es más, si hubo una perdedora en el juego de palabras, fui yo. Pero estas personas que conocí no me hicieron sentir mal. Creo que normalmente uso mi teléfono para aislarme. No sé si es porque estoy en España, porque es otro país y todo es nuevo, pero estoy aprendiendo a no depender de mi teléfono. Estoy aprendiendo a tener más confianza en mí misma, sé que es una razón por la que vine.

@@@@@@@@

50

Capítulo XIII

http://chirb.it/KpJB7O

Chapter 13

*J*enna siente que le tocan el hombro, al voltearse, ella ve a Briggitte, la mujer francesa que conoció el primer día del camino.
- ¡Hola!, ¿cómo estás?- le saluda la señora.

Jenna sonríe. La mujer se sienta junto a ella en el césped. En eso, dos gansos vuelan hacia el río.

Briggitte saca su cámara y toma fotos del famoso puente y de los gansos, ella le comenta a Jenna:
- Ocas, son un símbolo del camino.
- ¿No son gansos?- pregunta Jenna
- Sí, sí, me gusta el nombre oca porque es más esotérico.
- ¿Cómo se dice en inglés?- pregunta Briggitte.
- *Geese*- contesta Jenna.

Personal Glossary: (Place a number by the word and the reference here)

- Estas aves eran consideradas mensajeros divinos y antiguamente eran las que brindaban protección. Hoy en día la gente usa perros, pero antes era común tener gansos. Cuando llegues a Logroño, no dejes de ver el Juego de la Oca- comenta Briggitte.

Jenna se ríe diciéndole:
- Es la segunda vez que nos vemos y estoy aprendiendo sobre animales otra vez, la primera vez sobre los becerros y ahora sobre los gansos.
- Bueno, el camino tiene sus historias con animales y muchas personas lo hacen con sus mascotas. ¿Ya viste al francés que anda con su caballo? ¿Y al madrileño que anda con su perro? dice Briggitte.
- Creo que sí, pero no los conocí a ellos- comenta Jenna.
- Una de las leyendas más interesantes del camino tiene que ver con una gallina, ¿la conoces?- pregunta Briggitte.
- No, nunca la escuché- responde Jenna.
- Trata de un chico que viajaba con sus padres haciendo la peregrinación a Santiago de Compostela y pararon en Santo Domingo de la Calzada. No te la voy a contar pero asegúrate de visitar la iglesia y allí vas a ver una gallina y un gallo adentro en la iglesia y vas a conocer la leyenda del milagro- le dice Briggitte.
-Muy bien, de acuerdo- dice Jenna mientras Briggitte se alza para irse.
-¿Viniste preparada con tu piedra? ¡Es una parte muy importante del camino!- pregunta Briggitte.
- No, ¿qué es piedra?- pregunta Jenna.
Briggitte saca una piedra de su mochila y se la muestra.
- ¡Ah! ¿Una roca?- dice Jenna.

Personal Glossary: (Place a number by the word and the reference here)

_____   _____   _____   _____

_____

- No, más pequeña, una piedra, aunque hay quienes traen rocas. Todo depende de cuán grande sea la carga que quieres dejar atrás. Es como una penitencia... Si no trajiste una, busca una y piensa a qué quieres renunciar, o dejar atrás cuando llegues a la Cruz de Hierro, ¿de qué carga te quieres liberar en tu vida?- le dice Briggitte.

Ellas se despiden y Briggitte sigue su camino.

Personal Glossary: (Place a number by the word and the reference here)

....

....

Capítulo XIV

http://chirb.it/f5AEOg

Chapter 14

A la mañana siguiente, con los primeros rayos del amanecer, muchos peregrinos cruzan el puente de la reina. Algunos van descalzos siguiendo la tradición de cruzarlo sin zapatos.

Jenna, Elena, Christophe y Philippe van juntos. Vemos a unos italianos bulliciosos que pasan casi trotando y van cantando y riéndose. Luigi al ver a Jenna la saluda y ella le sonríe diciéndole:

-¡Buen camino!

En una iglesia a la salida de Puente la Reina, hay un Cristo crucificado sobre un triple madero, que claramente representa una Pata de Oca.

Hay tres chicos españoles tomándole fotos. Uno de los chicos toma una foto de los otros dos junto al Cristo, mientras toma la foto, él comenta:

- Es común encontrar el símbolo de la Pata de la Oca, se cree que era uno de los símbolos usados por los maestros que construyeron las iglesias y catedrales.

Personal Glossary: (Place a number by the word and the reference here)

_____ _____ _____ _____

Otro de los españoles contesta:
- Con razón hay varios sitios con el nombre de Oca y El Ganso en el camino, el pueblo de Ganso, Villafranca de Montes de Oca.

El chico español que no dice nada, no pierde de vista a Jenna. Los españoles siguen el camino. Jenna y sus amigos se toman fotos.

Más adelante, siguen el camino en subida, y después de pasar por un cementerio llegan a la población de Cirauqui, se paran en un bar para desayunar. Mientras Jenna y Elena están sentadas afuera, los canadienses entran a pedir algo en el bar. Entonces, pasan de nuevo los tres chicos españoles. Ellos se paran frente al bar y miran a Jenna mientras hablan entre sí. El chico que no había perdido de vista a Jenna antes, se le acerca. El chico, le dice a Jenna:
- Si coincidimos en el mismo albergue hoy, te invito a comer, ¿vale?

No le da chance a Jenna de contestar, mientras se aleja, se voltea rápidamente y le dice:
- Soy Hernán, ¡nos vemos!

Hernán continúa caminando con sus amigos. Elena y Jenna están sorprendidas.
- ¿Y eso?- pregunta Elena.
- ¡Ni idea!- contesta Jenna.
- Dices que un extraño viene, te invita a cenar, ¿y no lo conoces?- pregunta Elena.
- No, me debe haber confundido con otra persona- dice Jenna.
- Esos chicos son los mismos que estaban tomándole fotos al Cristo esta mañana, ¡qué raro!- comenta Elena.

- Bueno, no sé si me gusta la idea. La última vez que fui a comer con un chico en Pamplona, fue todo una tragedia... te lo cuento en otro momento.

Entonces llegan los canadienses con cafés para los cuatro.

Ese día caminan mucho, hace bastante calor, hay subidas y bajadas, el cielo está totalmente despejado, ni una sola nube y no hay brisa. Es el primer día que hace tanto calor.

Llegan a Estella a la una de la tarde, almuerzan allí. Paran en un pequeño restaurante que ofrece especiales para los peregrinos. Allí se consiguen a los otros dos hombres con quienes hicieron el juego de palabras al salir de Pamplona. Se saludan y se sientan con ellos. Después de comer, continúan todos juntos la caminata. A unos pocos kilómetros al salir de Estella, pasan por el Monasterio de Irache, es un sitio en el que se paran todos para tomar vino de esta famosa fuente. Hay una cola de peregrinos quienes esperan probarlo.

Elena se sirve un vaso de vino, al probarlo, exclama:
- ¡Delicioso! Vino español directo de la bodega, que buen vino. Tómame una foto, porque esta la comparto con mi padre que es un amante del buen vino.
Jenna sorprendida le pregunta:
- ¿Ya tienes veintiún años?
- No, cumplí veinte hace dos meses- contesta Elena.

Personal Glossary: (Place a number by the word and the reference here)

Philippe le pregunta a Jenna:

- ¿Y tú, cuántos años tienes?
- Voy a cumplir diecinueve muy pronto – dice ella.

Christophe comenta:

- Igual que yo, pero en Canadá, ya puedes beber a partir de los 18 años. Es más, es común beber vino o champaña con la familia en eventos especiales desde que uno es joven.

El hombre mayor añade:

- Exacto, es preferible de esa manera ya que no se crea un deseo por lo prohibido. Yo soy mexicano, y si vas a Cancún, vas a ver a un montón de jóvenes menores de veintiuno, borrachos de una manera que dan ganas de llorar. La policía local recorre las calles al amanecer para llevar a los desmayados a sus hoteles o al hospital. ¡Es una vergüenza!

El hombre más joven añade:

- Sí, la verdad es que no entiendo como en los EE.UU. se considera que los chicos tienen madurez para ir a la guerra, tomar un arma y matar mientras defienden al país con tan solo 18, y sin embargo que son menores de edad para tomar una copa de vino. Cuanta más prohibición, más deseo por lo prohibido y más abuso.

Personal Glossary: (Place a number by the word and the reference here)

- ¡Vamos chiquilla, tómate un trago para que pruebes un buen vino de Navarra, estas oportunidades no se presentan todos los días! Dile a tus padres que el profesor Rodríguez de la Universidad de Guadalajara te dio una tarea cultural.

Jenna se acerca a los labios un vaso y prueba un poco de vino. Arruga la cara y dice:

- Misión turística cumplida. Pero no quiero más. Ya lo probé.

Todos se ríen y continúan el camino.

En una hora y media llegan a Villamayor de Mojardín. Se quedan en un albergue pequeño. Jenna no consigue señal de WiFi para escribirle a su madre.

Jenna escribe en su diario.

14 de junio, 2013
Lo que me dijo la señora Briggitte ayer me puso a pensar, no sé qué es lo que quiero dejar atrás, voy a salir ahora a buscar una piedra. Quizás mañana debo caminar sola un rato para pensar. Algo terrible me pasó hoy, ¡me vino el período! Tengo que ir a comprar tampones, esto sí que es un fastidio.
Hoy también probé un trago de vino tinto por primera vez, no me gustó mucho. Se supone que es un vino muy especial, salía de una fuente.

¡Ah! y hoy, un chico desconocido se me acercó sin conocerme y me invitó a cenar con él. No lo vi aquí, no debe estar en este albergue. Seguro que es una broma.

Ahora tengo que salir, debo comprar tampones y conseguir una piedra.

Personal Glossary: (Place a number by the word and the reference here)

Capítulo XV

http://chirb.it/l7e3t8

Chapter 15

$\mathcal{H}$ay un patio con sillas donde muchos peregrinos se están curando ampollas en los pies. Jenna se dirige al hospitalero:
- ¿Dónde puedo comprar unas grocerías?

El hombre sorprendido y entre risas repite:
- ¿Groserías? ¡¿Qué dices, mujer?!

Detrás de ella, no muy lejos, está Philippe quién le dice:
- *Do you mean groceries?*
- *Yes*- dice ella mientras voltea aliviada al ver a Philippe.

Él se ríe y comenta:
- *I wish I had a song for this one!* Groserías *is cursing, bad words, just say* compras.
- Gracias- contesta aliviada, mira de nuevo al hospitalero y le dice:
- ¿Dónde puedo comprar unas compras?

El hospitalero le repite:
- ¿Que dónde puedes hacer unas compras?
- Sí - contesta ella.
- Al salir, vas derecho por tres cuadras, luego cruzas a la izquierda y tomas la segunda calle a la derecha- le dice el hombre.
- Vale, gracias- contesta ella y sale.

Jenna consigue tampones y luego camina por un parque pero por más que busca una piedra, no encuentra ninguna especial.

Capítulo XVI

http://chirb.it/Az9Pwm

Chapter 16

*J*enna se está poniendo las botas, son las 7:00 am y ella está lista para caminar. Sus amigos están por salir, ella se les acerca y les explica que va a caminar sola porque necesita conseguir una piedra y quiere pensar. Se despiden y quedan de acuerdo para verse en Viana, va a ser un día largo de camino, más de 29 kilómetros.

- No te preocupes, te guardamos una cama en el albergue- le dicen sus amigos.

- Muy bien, gracias, hasta pronto- se despide Jenna.

Los chicos se van. Jenna se ajusta las botas, se pone su mochila, toma su palo y sale.

Se siente bien de estar sola. Jenna va apreciando el paisaje y diciendo buen camino a todos los peregrinos que pasan. Hay algunas nubes, ella está contenta de que el día no está tan despejado como los días anteriores.

Personal Glossary: (Place a number by the word and the reference here)

Jenna pronto se sumerge en sus propios pensamientos. ¿Por qué le cuesta tanto darse cuenta de lo que quiere dejar atrás? ¿Qué es lo que le molesta a ella de sí misma o de su vida? Ella es una persona normal, un poco callada. Tiene amigos, aunque a los mejores los dejó en Ocala. Homestead le parece bien pero no es un sitio que le encanta. Quién no le cae muy bien es Alex, el novio de su mamá, definitivamente le duele que él está reemplazando poco a poco a su papá. Eso es lo que ella no le perdona a su mamá. ¿Está siendo justa con su madre? Ella sabe que su mamá la dejó venir a España porque últimamente estaban discutiendo mucho. Quizás su mamá también se siente culpable de no hacerle mucho caso a ella y de estar demasiado pendiente de Alex. Por otro lado, han pasado nueve años desde la muerte de su padre. Su madre estuvo sola mucho tiempo. Ellas eran muy unidas, su mamá siempre estaba allí para ella. Ahora es diferente.

En eso pasan unos brasileros, ella lo sabe porque todos llevan la bandera de Brasil. Uno de ellos lleva un cartel en la mochila que dice:

@@@@@@@@@

"Cuando quieres realmente una cosa, todo el Universo conspira para ayudarte a conseguirla", Paulo Coelho

@@@@@@@@@

Jenna lee el dicho y le encanta, esto la trae de nuevo a la realidad y abandona sus pensamientos. En eso, ve que hay un sitio bastante rocoso, con poca vegetación. Ella agarra una piedra, luego otra y finalmente ve una que le gusta mucho. Es algo pesada. Decide llevársela.

Llegan una mujer y una chica, la mujer es mayor y la chica luce de la misma edad que Jenna. La mujer se aleja unos pasos del camino y llama a la chica:

- Haydeé, ven, mira... aquí está la espiral, vamos a añadir nuestra piedra.

Haydeé camina hacia la mujer, mira al suelo y dice:
- ¡Guao! es enorme.
La chica ve la cara de sorpresa de Jenna. Haydeé le dice a Jenna:
- Ven, mira esta espiral, cada peregrino que pasa le añade una piedra.

- Crece con el tiempo, igual que nosotros- dice la mujer.
Jenna pregunta:
- ¿Este es el sitio donde las personas dejan su carga con una piedra que traen al camino?
La señora mayor le dice:
- No, eso es en Cruz de Ferro, falta mucho para llegar allá.
Las tres toman una piedra y la añaden a la espiral. Siguen caminando juntas.
- Hola, soy Mariluz - dice la señora mayor.
- Haydeé - añade la chica.
- Me llamo Jenna.
- ¿De dónde vienen?- pregunta Jenna.
- De México, mi abuela vive en Mérida, península de Yucatán y yo en el DF, la capital, ¿y tú? - comenta Haydeé.
- ¿Tu abuela? ¡Usted se ve muy joven, señora! Pensaba que era tu mamá... Yo vengo de los EE.UU.
La señora Mariluz comenta:
- Ah, pues mira que bien, veníamos nosotras hablando del antes y el ahora, conversando sobre las diferencias de la juventud, tú que eres y vives en los EE.UU. puedes contribuir puntos de vista interesantes.
- No sé hablar muy bien el español, lo estoy aprendiendo.
- Pues, estás haciendo un excelente trabajo- contesta Mariluz.

Personal Glossary: (Place a number by the word and the reference here)

- Mi abuela dice que ser joven era mejor antes que ahora, y casi que discutimos- se ríe Haydeé.

Su abuela interviene enseguida:

- Sobre todo por la tecnología. Dime una cosa Jenna, ¿no es verdad que los chicos hoy en día, sobre todo en los EE.UU, salen y en vez de conversar entre sí y mirarse a los ojos está cada quién aislado con su teléfono?- pregunta Mariluz.

- Bueno, pues sí, más o menos- dice ella.

- Sí, pero la comunicación es más eficiente ahora. Antes, primero llamabas, y si no te contestaban, tenías que esperar. Ahora, con los mensajes de texto la respuesta es inmediata. Ahora puedes hacer planes en el acto- dice Haydeé.

- Y también da tranquilidad, mi mamá puede saber en cualquier momento dónde estoy, lo que hago y cuándo llego a casa- dice Jenna.

- Claro, claro, eso sí, pero estamos hablando sobre lo que se refiere exclusivamente a las relaciones de amigos y parejas. Definitivamente para los padres los celulares son una bendición, en el sentido de seguridad. Pero por otro lado, da pena ver a la familia sentada a la hora de comer y en vez de mantener una conversación y compartir durante los breves veinte minutos de la comida, está cada quién en lo suyo- dice la señora Mariluz.

- La verdad es que si un chico me invita a salir y luego está pendiente del teléfono, no me gusta para nada- dice Haydeé.

- ¿Sales con él de nuevo?- le pregunta su abuela.

Personal Glossary: (Place a number by the word and the reference here)

_____   _____   _____   _____

- Depende...si me gusta mucho o no- le contesta Haydeé.

- Es una superficialidad total... Antes, cuando yo era joven, no tenía 350 amigos en Facebook, ni 200 seguidores en Twiter ni en Instagram. Lo que sí tenía eran dos excelentes amigas en quienes confiaba con los ojos cerrados y un grupo de diez o doce amigos. Íbamos a los bailes, las ferias, fiestas, era otro mundo- dice Mariluz.

Las tres caminan en silencio por unos minutos.

- Tuvimos un debate en clase de psicología sobre este tema. El profesor dijo que vivimos en burbujas digitales, aparentemente relacionados con el mundo entero pero con menos relaciones profundas de amistad que antes- dice Haydeé.

- ¿Qué es burbuja?- pregunta Jenna.

- Creo que se dice *bubble* en inglés. *Like digital bubbles, isolated...*- contesta Haydeé.

- ¡Ahh!- contesta Jenna...

- ¿Y qué pasó en el debate?- pregunta Jenna.

- Bueno, casi la mitad de la clase, dijo que probablemente era mejor antes que ahora. Que no soportan que una chica o un chico saque el teléfono y mande mensajes en una cita.

- Mmh, me pregunto cómo responderían en una de mis clases. ¿Estudias bachillerato o en la universidad?- pregunta Jenna.

- Primer año universitario, por eso estoy en el DF- dice Haydeé.

- Bueno, la verdad es que ayer estaba precisamente pensando en eso. Pensé que no parezco yo, en este viaje estoy todo el día sin teléfono y no me importa. No traje mi teléfono, no funciona aquí. En Florida nunca puedo salir si no tengo mi teléfono conmigo.

Personal Glossary: (Place a number by the word and the reference here)

_____   _____   _____   _____

- ¿Hace cuánto comenzaste el camino?- pregunta Haydeé.
- Hace seis días. ¿Y ustedes? - pregunta Jenna.
- Hace una semana, comenzamos en Francia, a un día de Roncesvalles. ¿Vas hasta Santiago?- pregunta Haydeé.
- Sí, ¿y ustedes? - dice Jenna.
- Es nuestro plan - contesta Mariluz.
- ¿Estás haciendo el camino tú sola? - pregunta Haydeé.
- Sí, me gané un concurso de escritura en la clase de español y me dieron un pasaje gratis. A mí me encanta el español y quiero ser bilingüe, podía elegir ir al sur de España o venir aquí, pero me llamó la atención mucho esto de caminar con una mochila por treinta días- contesta Jenna.
- ¿Y ustedes?- pregunta ella inmediatamente.
- Nosotras teníamos planeado este viaje desde hace dos años. Es un regalo para mi nieta por terminar su primer año de universidad muy bien, y para mí porque desde que perdí a mi esposo, tenía siete años sin salir a ninguna parte, solo pensando en la pérdida. Finalmente comprendí que hay que seguir adelante y a él no le gustaría verme sufrir, así que estoy reinventando mi vida.
Haydeé le da un beso a su abuela.

@@@@@@@@@

- Yo también perdí a mi papá cuando tenía diez años. Él era militar y murió en la guerra de Iraq.
- Lo siento- dicen Haydeé y Mariluz.
- ¿Tienes hermanos?- pregunta Mariluz.
- No, soy hija única - contesta Jenna
- ¿Y tu mamá, se casó de nuevo?- pregunta Haydeé.
- No, pero su novio vive con nosotras desde hace un año.
- ¡Qué bueno! me alegro por ella. Es muy duro para una mujer cuando pierde al hombre de su vida. Es muy distinto perder a alguien en un accidente, por enfermedad o en la guerra, que perder a un padre que se va con otra - comenta Mariluz.
- Muchos de mis amigos no tienen a su padre, pero tiene razón, es porque se fueron de la casa - dice Jenna.
- Claro que cuando el hombre abandona, la mujer después de recuperarse, está casi que buscando revancha- dice Mariluz.

Personal Glossary: (Place a number by the word and the reference here)

Detrás de ellas se escucha un comentario, ellas voltean y ven a dos hombres. Son el profesor universitario y el hombre que estudia castellano.

- O si me disculpan, fue inevitable escuchar su conversación, también hay cada vez más hombres que se quedan plantados porque la mujer se les fue de casa.
- Usted es mexicano, ¿no? - pregunta Mariluz.
- Sí, Jorge Rodríguez Ramos de Guadalajara para servirle- dice él.
- Mucho gusto – responde Mariluz mientras se dan la mano.
- Yo soy Mariluz Rivas García, de Mérida.
- De la hermosa tierra de Yucatán, y a usted las gracias le acompañan.

Se sonríen.

Mientras tanto Jenna presenta a Haydeé y comenta:

- Cuando los escucho hablar, me doy cuenta que me falta mucho por aprender. A veces no entiendo nada de nada.

El grupo sonríe.

- Retomando el tema del antes y el ahora, me pregunto por qué los hombres de hoy en día van directo al grano, sin adornos ni poesía- añade Mariluz.

- Si nos permiten, continuamos con ustedes, añade el profesor.
- Por supuesto - contesta Mariluz.

Los dos parecen estar interesados el uno en el otro.

Personal Glossary: (Place a number by the word and the reference here)

_____ _____ _____ _____

- Y usted, ¿también es mexicano?- le pregunta Mariluz al hombre más joven.

- No, soy rumano, estudio castellano en México, yo quiero ser profesor de idiomas en mi país- responde él.

- Ah, muy bien, mira cuántos estudiosos tenemos de esta lengua, supongo que van a visitar el Monasterio de Suso en San Millán de la Cogolla, es del siglo VI y el de Yuso del siglo XI.

- Sí, tenemos planeado ir. La comunidad de monjes creó una gran colección de códices y manuscritos, en uno de ellos, el denominado "Códice Emilianense 60" del siglo X, aparecen las primeras palabras escritas en castellano – contesta el profesor.

El grupo sigue caminando y conversando animadamente. Llegan a Viana, un lindo pueblo a tan solo diez kilómetros de Logroño.

Jenna se encuentra con Elena, Christophe y Philippe en la entrada del albergue junto al camino y se queda con ellos. Ella se despide de los mexicanos.

Mariluz y el profesor coinciden que vale la pena continuar a Logroño donde intentan quedarse un día para visitar la ciudad, tomar buen vino de La Rioja y comer platos de la comida vasca que se dice es de la mejor de España.

Luego de bañarse y cambiarse, Jenna sale al patio del albergue, ella toca su armónica durante un rato y escribe en su diario:

16 de junio, 2013

Hoy puse una piedra en una espiral del camino, y también conseguí la piedra que estoy llevando para dejarla en la Cruz de Hierro…. Hoy también conocí a Haydeé y a su abuela Mariluz.

Fue interesante porque me di cuenta que a veces cuando la gente nos habla, no escuchamos, prestamos más atención a lo que queremos decir nosotros que a lo que nos están diciendo. Hoy fue como si lo que me decían era exactamente lo que yo necesitaba escuchar.

Personal Glossary: (Place a number by the word and the reference here)

67

Capítulo XVII

http://chirb.it/5eg5vk

Chapter 17

*A*l día siguiente salen Jenna, Elena y los canadienses bien temprano del albergue. Deciden ir directo a Logroño y desayunar allí. Caminan varios tramos al lado de la carretera por donde pasan muchos autos. Luego llegan a Logroño, al entrar pasan por debajo de un puente que tiene muchos grafitis.

Logroño es la ciudad más grande del camino hasta ahora. En algunas de las calles y avenidas hay tráfico y muchos peatones.

Se paran en una pastelería, comen unos pasteles con nata y churros con chocolate. Jenna nunca había probado algo igual en su vida y cree entender por qué Mariluz dijo que quería quedarse un día completo solo para comer en Logroño. El café con leche también estaba delicioso. Luego, completamente satisfechos, ellos caminan por la ciudad y deciden continuar rumbo a Santo Domingo de la Calzada.

Personal Glossary: (Place a number by the word and the reference here)

----------------------   ----------------------   ----------------------   ----------------------

A la salida de Logroño hay un hombre vestido como un antiguo fraile. Está en un parque vendiendo libros del camino, mapas, conchas y palos. Recibe propinas si los peregrinos desean tomarse una foto con él. Hernán, el chico español que se le presentó a Jenna hace unos días y que la invitó a comer, llega al sitio y se para al lado de Jenna.

Jenna se queda sorprendida cuando ve que el hombre vestido de fraile les dice a los peregrinos que pasan "*animal*". Ella ve con expresión de asombro a Elena y a los chicos.

Philippe se acerca al hombre con actitud desafiante y le pregunta a Jenna:

- *Did he just call us animals?*

Hernán se da cuenta del malentendido al escuchar la pregunta y ver la expresión de Jenna y Philippe. Hernán no puede evitar reírse.

Se acerca y les dice:

- "Ánimo, ánimo", *it's not what you guys are thinking.*

Elena cae en cuenta y se ríe de buena gana diciendo:

- Claro, ánimo, no sé cómo decirlo en inglés.

- Es como decir *cheer up, get the encouragement!*- dice Hernán.

Todos se ríen. Jenna repite:

- ¡Ánimo ánimo!

Elena se toma una foto con el hombre y le da un euro. Luego el grupo sigue caminando. Hernán se les une.

Elena le pregunta:

- ¿Caminas solo? ¿Y tus amigos?

- Tuvieron que tomar un tren para Burgos. Yo los alcanzo pronto – contesta él.

Elena y los canadienses van al frente, Jenna y Hernán los siguen unos pasos atrás. Hernán le dice a Jenna:

- Había un chico que se estaba dedicando a robar a los peregrinos en el camino y lo agarraron. Mis amigos son hermanos de una chica a quién le robó su mochila en Pamplona. Ellos fueron a presentar cargos.

- ¿Sabes quién es? - pregunta Jenna.

- No sé el nombre, sé que es un extranjero, creo que de Sudamérica – contesta Hernán.

- ¿Y tú? ¿Lo conoces? ¿Qué sabes de él? Vi tu foto en el despacho de la policía. Por eso te dije el otro día que quería comer contigo. Era para conversar sobre esto - dice Hernán.

- Si se trata de la misma persona, a mí también me robó - dice Jenna.

- ¿No quieres ir de testigo?- pregunta Hernán.

- ¿Testigo?

- *Witness*- le dice Hernán.

- No - contesta ella inmediatamente.

Jenna acelera el paso para alcanzar a los otros.
Caminan todo el día y Hernán se hace amigo de todos, en general se caen bien y continúan caminando juntos. Esa noche llegan a Nájera.

70

Capítulo XVIII

http://chirb.it/4tbxc6

Chapter 18

*J*enna, Elena, Philippe, Christophe y Hernán llegan a Santo Domingo de la Calzada, es un poblado muy hermoso. Lo más visitado es la catedral y efectivamente, tal como dijo Briggitte, dentro de la iglesia hay un gallo y una gallina, vivos y cacareando.

Hernán les dice:

- El dicho famoso de esta catedral es: "Santo Domingo de la Calzada, donde cantó la gallina después de asada"

- ¿Por qué? ¿Cuál es la leyenda?- pregunta Jenna.

Hernán les pide que se sienten para escuchar la leyenda:

- Cuenta la tradición que llegó aquí un matrimonio alemán con su hijo de dieciocho años. La chica del mesón donde se hospedaron se enamoró del chico, pero él no le hizo caso así que ella decidió vengarse.

Personal Glossary: (Place a number by the word and the reference here)

Tomó una copa de plata de la iglesia y se la puso en el equipaje a él. Cuando los peregrinos siguieron su camino, la muchacha denunció el robo. Las leyes de entonces castigaban con pena de muerte el delito de robo así que el inocente joven peregrino fue ahorcado. Al salir sus padres al camino de Santiago de Compostela, fueron a ver a su hijo ahorcado y, cuando llegaron al lugar donde se encontraba, escucharon la voz del hijo que les anunciaba que Santo Domingo de la Calzada le salvó la vida. Los padres del chico fueron inmediatamente a contarle el prodigio al gobernante. El mandatario se burló y contestó que el chico estaba tan vivo como el gallo y la gallina que él tenía enfrente en su plato para comer. En ese preciso instante el gallo y la gallina saltaron del plato y se pusieron a cantar.

Los chicos están fascinados con la historia. Toman fotos, recorren la catedral, luego salen y desayunan en el bar de la esquina.

Hernán les cuenta que es la segunda vez que está haciendo el camino. Lo intentó hacer el año anterior pero se cayó y se rompió un hueso en Galicia. Le pusieron un yeso en la pierna y tuvo que abandonar cuando apenas le faltaba una semana para llegar a Santiago de Compostela. Quiso comenzar de nuevo y su intención esta vez es llegar a Santiago para celebrar su cumpleaños.

Personal Glossary: (Place a number by the word and the reference here)

....

Ese día caminan hasta llegar a Grañón. Se quedan en una iglesia de estilo románico que tiene un albergue parroquial muy bonito.

Les asignaron camas en el ático, van a dormir en el piso de madera sobre unas colchonetas. Hay dos hospitaleras que preparan la comida y los peregrinos dan una donación por comer y dormir. Para la sorpresa de Jenna es como una gran fiesta, se encuentra a Briggitte y al rato llegan Haydeé, Mariluz, el profesor mexicano y el estudiante rumano. Esa noche las dos mujeres hospitaleras cocinan para todos los peregrinos. Es una de las noches más interesantes. Jenna, Christophe y una pareja de alemanes que conocen esa noche se ocupan de poner la mesa y lavar los platos. Uno de los peregrinos toca su guitarra y Jenna se anima y toca la armónica.

Después de la sobremesa, la pareja de alemanes cuenta sus experiencias recorriendo el mundo; fueron al *Appalachian Trail* en los Estados Unidos, al Camino del Inca en Perú, subieron el Monte Roraima en Venezuela, el Kilimanjaro en África. Es muy interesante escuchar los relatos de su experiencia. Luego, muchos se retiran a dormir, pero Hernán, Elena, Philippe, Haydeé y Jenna se quedan conversando.

Personal Glossary: (Place a number by the word and the reference here)

....

Jenna comenta:

- Elena, ¿recuerdas que te dije que comí con alguien en Pamplona y que tuve una mala experiencia? Y a ti Philippe, no te conté lo que pasó con Julián. Y hoy, después de la leyenda del robo y lo que nos contó Hernán pues se los tengo que contar. Julián es un ladrón y la policía de Pamplona lo capturó. Él me robó mi cartera con dinero y pasaporte. Estuve en la estación de la policía, pero en la noche, mientras dormía en el hotel; introdujo mi pasaporte por debajo de la puerta y me dejó una nota diciendo que lo sentía. Al final solo me robó 90 euros.

Philippe reacciona súper asombrado diciendo:

- ¡No lo puedo creer!

- ¡Fue horrible! Fuimos a comer a un restaurante bastante caro, él me dejó allí en la mesa pensando que estaba reservando camas en el albergue. Nunca llegó, y cuando busqué mi cartera para pagar, no tenía mi cartera ni mi pasaporte. No pensé que él estaba involucrado. Fue en la policía que me quedé asombrada cuando me enseñaron una foto de él- cuenta Jenna.

Elena la abraza.

- ¡Qué suerte! ¿Te imaginas que tragedia si no te devuelve el pasaporte?- comenta Elena.

- ¡Horrible! - dice Haydeé.

- La verdad es que tuviste mucha suerte, piedad por parte de un ladrón, ¡esto es de no creerlo!- comenta Hernán.

Philippe ha estado callado, de pronto dice:

- Me pregunto ¿por qué Julián roba? ¡Es una pena, parecía un buen tipo! ¿Por qué él decidió ser un delincuente?

- ¡Es verdad! A mí me dolió mucho, es una lástima - contesta Jenna.

Hernán dice:

- Hablé con mis amigos hoy. Julián está preso y lo más seguro es que lo van a mandar de regreso a Chile.

Hay silencio por un rato. Todos están callados y serios. Hay un ambiente pesado.

De pronto, Hernán comenta:

- Les voy a contar lo que me pasó a mí el mes pasado. Fui al restaurante de mi barrio, donde voy siempre y los dueños y meseros me conocen. Estaba yo comiendo solo y una señora mayor, muy elegante estaba en la mesa de al lado. Entonces, de repente la mujer se levanta y dice que no tiene su cartera, que alguien se la robó. Y me mira y les dice a todos que tuve que ser yo quién le robó la cartera. Yo me levanto y les digo que no, que me registren, que no tengo nada que ver con eso. La mujer después de acusarme sale a su coche y se da cuenta que tenía su cartera allí, que la dejó olvidada. Entró al restaurante y se disculpó. Me pidió perdón por la humillación tan grande. Entonces me dijo que se sentía tan mal que me iba a dar una recompensa. Me dijo, ¿Qué quieres? Elige entre 500 euros en efectivo o una semana con todos los gastos pagados en Ibiza, todos me miraban....

Hernán se calla por un rato...

Elena pregunta enseguida:

- ¿Y qué pasó? ¿Qué hiciste?

Hernán riéndose contesta:

- ¡Me desperté!

Todos se ríen con ganas.

- ¡Buen gusto para terminar la noche! Con tanto tema de robo no iba a poder dormir - Haydeé comenta riéndose.

Todos se despiden y se van a acostar.

Jenna esa noche piensa en Julián, es una lástima que las personas tomen decisiones equivocadas de qué hacer con sus vidas. Julián decidió robar y por lo tanto debe pagar por las consecuencias.

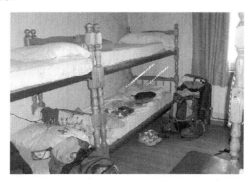

Personal Glossary: (Place a number by the word and the reference here)

Capítulo IXX

http://chirb.it/yNDGvG

Chapter 19

*J*enna siente la mirada intensa de alguien, abre los ojos y encuentra a Hernán sentado en el piso junto a ella observándola. Se ve que es muy temprano en la mañana. Hernán le sonríe diciendo muy bajito:
- ¡Buenos días! ¿Decidiste que hacer?

Jenna se estira, niega moviendo la cabeza y se levanta. Ella toma sus cosas para ir al baño a lavarse.

Philippe, Christophe y Elena aún duermen. Jenna sale con su mochila y les deja una nota a sus amigos diciendo que ya salió. Al salir, se encuentra a Haydeé afuera, ella se está curando una ampolla. Jenna está lista para comenzar el día. Hoy piensa llegar más allá de Villafranca de Montes de Oca o a San Juan de Ortega. Después, otro día más para llegar a Burgos.

Son las 6:15 AM, y ya como es común, salió antes que ella un grupo de alemanes como a las 5:00 AM. Al comenzar el camino ve a Hernán tomándose un café en un bar cercano. Ella se detiene y él le dice:
- ¿De verdad que no quieres ir de testigo a la policía? Supongo que solo necesitas confirmar que es él. Para que puedan culparlo por hurto y mandarlo de regreso a Chile necesitan tener más de un cargo.
- No sé si lo quiero ver otra vez - dice ella.
Hernán vuelve a decirle:
- Piénsalo y al llegar a Burgos te vuelvo a preguntar. Hoy en día la gente no quiere tomarse el tiempo de hacer este tipo de cosas pero si no hacemos nada, de alguna manera estamos siendo partícipes de estos crímenes. Los culpables se salen con la suya y dentro de poco siguen robando. ¡Es una vergüenza!

- Bueno, yo sigo, supongo que nos veremos más adelante- dice Jenna.

Hernán se despide con dos besos diciéndole:

- ¿Hasta dónde piensas llegar hoy? ¿Tosantos o San Juan de Ortega?

- No sé. Hasta donde pueda- contesta ella.

Jenna comienza emocionada un día más. Ya lleva once días caminando, este es su doceavo día.

Hace algo de fresco y está nublado. Parece que va a llover. Hoy Jenna se cruza con peregrinos que no había visto antes, solo reconoce a una chica de Corea que conoció hace unos días en un albergue, y al matrimonio alemán que viaja por todo el mundo.

Ve a un chico caminando con su caballo. También pasa un grupo de españoles en bicicleta, y como siempre el saludo que todos se dan es -Buen camino-.

Personal Glossary: (Place a number by the word and the reference here)

77

Jenna camina por el sendero, hay subidas y bajadas, en un momento se levanta un viento justo al lado de un campo de cebada y ella se detiene a verlo, saca su cámara y fotografía el paisaje. Nota que le molesta el pie izquierdo así que se sienta en la hierba y se saca el zapato. Ve que en uno de los dedos se está formando una ampolla. Ella se pone una crema y una curita. Luego se queda admirando lo bonito que se ven los campos de cebada y trigo y también hay muchas flores de amapola. El cielo se nubla y se ven unas nubes que parecen de lluvia. Jenna se levanta y sigue su camino. Se detiene de vez en cuando para tomar fotos, pero pronto comienza a llover a cántaros, así que no le queda otro remedio que ponerse el impermeable y seguir caminando.

Luego de un rato ella siente ganas de orinar, no se puede aguantar y no sabe cuándo va a encontrar un baño; así que ella deja la mochila en una roca, se va detrás de unos arbustos y soluciona el problema.

Luego, Jenna no se da cuenta que con los movimientos de volver a ponerse la mochila y arreglarse el impermeable, se le sale su cartera del bolsillo y cae en el camino. Ella se va caminando.

Jenna pasa un buen rato caminando bajo la lluvia, finalmente llega a un poblado donde hay un bar que anuncia desayunos para los peregrinos. Le apetece comer un bocadillo de tortilla de patatas y tomar un café con leche grande.

Personal Glossary: (Place a number by the word and the reference here)

_____   _____   _____   _____

_____   _____   _____   _____

Después de entrar al bar, quitarse la mochila e impermeable, se mete la mano en el bolsillo para sacar la cartera y se da cuenta que no la tiene. Jenna comienza a buscar por todas partes, se pone muy nerviosa y se sienta a pensar. No puede evitar llorar de los nervios, ¿cómo es posible? ¡Otra vez! Llega a la conclusión de que tuvo que ser cuando se paró en el camino, entre el quita y pon de la mochila y el impermeable, seguro que se le cayó. Si alguien la encontró, lo más seguro es que la va a perder. Ella decide caminar de regreso y preguntarle a cada persona que se encuentre en el camino si la encontró.

Al salir llegan dos ciclistas, uno de ellos ve a Jenna y dice:
- ¿Vos sos Jenna Jenkins?
- Sí- contesta ella emocionada, ¿encontraron mi cartera?
- ¿Qué me das si te digo que sí?- le dice el chico y se la entrega.

Jenna lo abraza dándole las gracias.

Los ciclistas son argentinos, ellos toman un café y le invitan el desayuno a Jenna.

Le dicen que tienen planeado viajar a Estados Unidos para conocer el Yellowstone y caminar por el Pacific Crest Trail a la altura de la montaña Shasta en California hasta Oregón. Después de desearle suerte, ellos siguen su recorrido.

Para de llover y Jenna sigue caminando. Le molesta el dedo del pie. Pasa por Belorado y llega a media tarde a Tosantos. Es un poblado pequeño. Jenna piensa que es mejor parar. Se queda en un pequeño albergue. Después de bañarse, se acuesta a dormir una siesta. Se despierta más tarde con el ruido de gente llegando, sale a ver el libro de registros para ver si encuentra los nombres de sus amigos, pero no están, seguro que siguieron al próximo poblado.

Personal Glossary: (Place a number by the word and the reference here)

Jenna va a una sala que está al lado de la cocina, hay unos cuantos peregrinos. Unos italianos están haciendo espaguetis en una olla enorme. Jenna tiene que cargar su tableta, ella la enchufa y se sienta en una computadora que tienen en la sala. Tiene un letrero que dice: Uso gratuito del ordenador por 20 minutos – por favor sea considerado. Hay una pareja en el sofá que está consultando el libro del camino. Jenna revisa su correo y encuentra tres mensajes de su madre. Le dice que recibió los correos y le pide que le envíe fotos y trate de llamarla en el fin de semana a partir de la una de la tarde hora de España, es decir las 7:00 AM en Florida. Le cuenta que todo está bien. Jenna le escribe unas líneas a su madre y luego contesta un par de correos de amigos.

En eso entra una chica que solo lleva una toalla y le habla en inglés muy molesta a un chico que está en la sala. Ella le dice a él:
- *You are messy! Messy! Where's the soap? I can't find it!*
Un italiano sale de la cocina preguntando:
- ¿Quién es Messi? ¿Dónde está? ¿El jugador de fútbol?
La mujer es de los EE.UU. y no entiende lo que pasa. Su novio se ríe y le dice al italiano:
- ¡No, no soy Messi!, según ella lo que soy es un desordenado y está furiosa conmigo.

Jenna no puede evitar reírse también. Jenna le explica a la señora el chiste, se lo dice en inglés. Los italianos terminan invitándolos a comer espaguetis. La pareja de estadounidenses son de Carolina del Norte, ella se llama Linda y él Tom.

80

Para colaborar, van juntos a comprar pan, vino y unas cerezas para el postre.

Cenan juntos, los espaguetis están deliciosos. Es increíble como casi siempre muchos peregrinos se toman una botella de vino con la comida.

En los restaurantes donde sirven menús para los peregrinos, si alguien pide una copa de vino, le sirven una botella completa.

Los italianos hablan de un sitio muy lindo en Italia que nos recomiendan ir a conocer, se llama Cinque Terre, también dicen que hay que conocer Roma. Dicen si lees Roma al revés en español, es Amor. ¡Roma es la ciudad del amore!

Pasan un rato muy agradable. Después de comer, Linda, Tom y Jenna se ocupan de limpiar todo en la cocina.

Más tarde, todos se despiden. Los italianos van en bicicleta así que van a llegar a Santiago en un par de días. Linda y Tom solo llegan hasta Burgos, deben regresar a los EE.UU.

Jenna piensa esa noche lo interesante que es conocer gente y compartir experiencias con personas de tantos sitios del mundo, que probablemente no los va a volver a ver nunca jamás.

@@@@@@@@@

Con tantos acontecimientos del día, una vez en la cama, saca su linterna de cabeza y escribe en su diario:

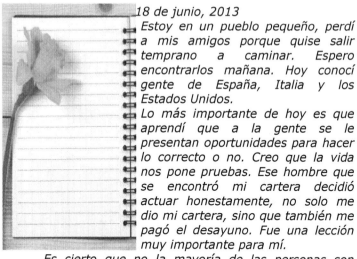

18 de junio, 2013

Estoy en un pueblo pequeño, perdí a mis amigos porque quise salir temprano a caminar. Espero encontrarlos mañana. Hoy conocí gente de España, Italia y los Estados Unidos. Lo más importante de hoy es que aprendí que a la gente se le presentan oportunidades para hacer lo correcto o no. Creo que la vida nos pone pruebas. Ese hombre que se encontró mi cartera decidió actuar honestamente, no solo me dio mi cartera, sino que también me pagó el desayuno. Fue una lección muy importante para mí. Es cierto que no la mayoría de las personas son honestas, ¿Cuántas personas devuelven una cartera con una tarjeta de crédito y 60 euros que se encuentran en la calle hoy en día? Quizás esto es una señal para que yo me dé cuenta de lo que debo hacer con el caso de Julián.

Jenna se queda pensando por un rato, finalmente apaga su linterna y se duerme.

Capítulo XX

http://chirb.it/rH6f1h

Chapter 20

*S*on las cinco de la mañana. Los alemanes se están arreglando para salir y una vez más con el ruido de los cierres de las mochilas están despertando a unos cuantos. Jenna se despierta, ve a los italianos cubrirse la cara y los oídos para seguir durmiendo.

Jenna decide salir temprano a ver si alcanza a sus amigos. Esto de no tener teléfono sí que es una desventaja en esta situación. Se viste, al ponerse las botas se echa crema en la ampolla, le duele el dedo del pie más que ayer.

Sale temprano y emprende el camino.

Luego de caminar por un rato, llega a un sitio de colinas, subidas y bajadas. Al pie de un árbol encuentra a una señora de la edad de su madre que está llorando desesperadamente. Jenna no sabe qué hacer.

Personal Glossary: (Place a number by the word and the reference here)

Se acerca y le pregunta:
- ¿La puedo ayudar? ¿Está bien?
La mujer mira a Jenna sin decir nada. Le extiende el brazo para que la ayude a levantarse. Jenna la ayuda. La mujer le dice:
- ¿Puedo caminar contigo un rato?
Claro que sí, contesta Jenna.
Caminan en silencio, la mujer sigue sollozando pero no tan intensamente.
Jenna rompe el silencio:
- Me llamo Jenna, ¿y usted?
- Soledad, todos me llaman Sole.
Jenna no quiere preguntar, ella piensa ¿no significa Soledad *loneliness*? ¿Cómo le pueden poner a una persona un nombre así? Siguen caminando por un rato en silencio. La mujer de pronto dice:
- Tenía 19 años cuando descubrí que estaba metido en drogas y que iba por mal camino. Conoció a una chica que trabajaba con un programa de ayuda para las personas con problemas de adicción. Cuando cumplió los veinte parecía otra persona, comenzó a estudiar en la universidad, se compró un coche, alquiló su propio piso. Yo no podía estar más feliz, venía a visitarme una vez por mes y hablaba de casarse con su chica al terminar la universidad y mudarse a Barcelona.
Luego de una pausa continúa:
- Hace dos meses recibí una llamada, le habían detectado un cáncer fulminante en el páncreas, murió a las tres semanas. Carlos era mi único hijo.
Las dos siguen caminando lentamente. Jenna cree haber comprendido todo, no sabe qué decir. Esa pobre mujer, ¡es terrible lo que le pasó!
- Lo siento mucho- dice Jenna.

Caminan en silencio. La mujer ya no llora.
- ¿Por qué está haciendo el camino señora?- pregunta Jenna.
Porque era el sueño de mi hijo, lo estoy haciendo por él...
Después de una pausa, Sole pregunta:
- ¿De dónde vienes?
- De los Estados Unidos. Es la primera vez en mi vida que tomé un avión, esta experiencia para mí es única- responde Jenna.

Pasan unos peregrinos y se saludan. Ellas siguen caminando, al rato Sole comenta:
- ¿Ves ese árbol? Mira que torcido está el tronco, mira los retorcijos que logra hacer el tronco para seguir subiendo...

Jenna es capaz de entender porque Sole usa muchos gestos al hablar:
- Finalmente el árbol logra encontrar la luz, míralo, allá arriba están sus ramas. Yo siempre le decía a mi hijo que él era como ese árbol torcido, su vida no tenía dirección, estaba retrocediendo en vez de avanzar. De pronto, surgió, creció y se enderezó.
Silencio por un rato.
- Yo también perdí a mi padre, murió en la guerra- dice Jenna.

Sole le toma la mano a Jenna, y le da una mirada llena de compasión, no necesita decir ni una palabra. Jenna sabe que Sole siente su pérdida. Al llegar al próximo poblado, Sole se detiene frente a una iglesia.

Personal Glossary: (Place a number by the word and the reference here)

_____ _____ _____ _____

- Yo me quedo aquí, gracias por escucharme. A veces lo mejor que uno puedo hacer por otro es simplemente escuchar.

Jenna la abraza.

Sole le comenta:

- También estoy haciendo el camino por mí, para sacarme todo este dolor que llevo por dentro y para encontrar un balance. Lo que me falta es tener fe, necesito poder entender que mi hijo está bien, que hay algo más allá. Si no, nada tiene sentido y es desgarrador. Yo tengo muchas dudas y no creo, espero resolver esto en el camino.

-Adiós, cuídese – le contesta Jenna.

Jenna sigue caminando. Hay muchos campos de cereales, con los rayos de sol tienen destellos dorados que son excepcionales. Jenna se queda observando la escena y aprovecha de descansar un poco ya que le está doliendo el pie.

Al ver el campo de espigas, ella observa como la brisa mueve las plantas de manera que parece un mar con oleaje dorado. Jenna toma un video de la escena.

Ella percibe la misma paz que siente cuando va a la playa al atardecer y ve las olas del mar. Sigue caminando y llega al poblado de Villafranca de los Montes de Oca.

Personal Glossary: (Place a number by the word and the reference here)

Jenna ve a muchos peregrinos pero no encuentra a sus amigos.

A tempranas horas de la tarde llega casi arrastrándose a San Juan de Ortega. No solo hubo una subida interminable, lo malo es la ampolla que le molesta y le duele cada vez más.

Ella busca un sitio para comer una ensalada o comprar unas frutas. De pronto ve a Hernán sentado en la mesa de una cafetería. Se va directo donde está él.

- ¿Qué tal? ¿Estás cojeando? le pregunta él al verla.

Ella no entiende.

- ¿Tienes problemas con el pie?- pregunta Hernán.

- Sí, tengo una ampolla- contesta Jenna.

- Siéntate, y te la curo de una vez. ¿Traes aguja e hilo?- pregunta él.

- ¿Qué es eso?- responde ella.

- Creo que se dice *needle and thread*- contesta Hernán.

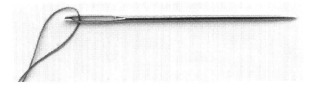

Jenna le dice que no tiene. Ella se sienta y saca su bolsa de medicinas. Él busca en su mochila y saca aguja e hilo. Coloca el pie de Jenna sobre su rodilla, le limpia el dedo con alcohol, toma la aguja, la desinfecta y la calienta con la llama de un fósforo, luego pasa el hilo por la aguja y atraviesa la ampolla en dos sitios. Él deja dos hilos cruzados en forma de cruz. Hernán le explica:

- Así el líquido tiene por donde salir, hoy te va a doler igual o un poquito menos, pero ya mañana vas a estar mucho mejor.

Jenna se pone un par de medias limpias.

- ¿Vas a seguir o te quedas aquí hoy? pregunta Hernán.

- ¿Dónde están los demás? contesta ella.

- Siguieron a Arges. A unos cinco o seis kilómetros de aquí. Quedamos de acuerdo que si no nos vemos hoy nos encontramos en la entrada de la Catedral de Burgos mañana a las dos de la tarde para conseguir cupo todos juntos en el albergue municipal. ¿Tú qué piensas hacer?

- La verdad es que prefiero quedarme aquí hoy ¿y tú?- dice ella.

- Yo también, te estaba esperando. Vamos a reservar cama cuanto antes. Es un albergue pequeño- le dice Hernán.

-Vale- dice ella mientras toman las mochilas y van a registrarse al albergue.

Personal Glossary: (Place a number by the word and the reference here)

Capítulo XXI

http://chirb.it/ME36Kc

Chapter 21

*D*espués de bañarse, lavar la ropa, sentirse fresca, ya sin la regla y sin tanto dolor en el pie, Jenna se pone unos pantalones cortos, camisa ligera y sandalias. Se siente muy bien, y va a encontrarse con Hernán quien está hablando por teléfono. Ella se sienta y él en seguida termina la conversación y guarda su móvil.

- Muchas gracias por curarme la ampolla, ya me siento mucho mejor - dice Jenna.
- Hoy por ti, mañana por mí, ¿aprendiste a curarlas? – pregunta él.
- Creo que sí –contesta Jenna.
- Vamos a comer, ¿recuerdas que tengo una invitación pendiente?- le dice Hernán.

Ella sonríe.

- ¿Quieres comer donde nos encontramos? El menú que ofrecen hoy es sopa de lentejas de primero, carne de solomo con papas fritas de segundo y helado de postre, ¿qué te parece?- pregunta Hernán.
- Sí, está bien - contesta ella.

Van al restaurante. El camarero les pregunta por las bebidas:

- ¿Queréis vino?
- Para mí, agua por favor - dice Jenna.

Hernán dice que sí.

El mesero trae una jarra de vino tinto, una jarra de agua, unas aceitunas y pan. Ellos le piden dos menús del día.

- ¿Y qué haces cuando no estás en el camino?- pregunta ella.
- Estudio fisioterapia en la universidad y trabajo en una tienda de deportes. Ahora estoy de vacaciones por un mes, ¿y tú?- pregunta Hernán.
- Estoy en mi primer año de universidad, todavía no sé qué quiero estudiar, aunque me gusta mucho la arquitectura. Por ahora lo más importante es que quiero ser bilingüe, deseo hablar el español perfectamente.
- Cosa que ya casi casi estás haciendo- le dice él.
- Bueno, no sé, creo que me falta algo de tiempo- contesta ella.
El mesero trae la sopa y les dice:
- ¡Que aprovechen!
- ¡Gracias!- contestan ellos y comienzan a comer de una vez.
- Hoy conocí a una mujer que se llama Soledad, ¿es común ese nombre?- pregunta Jenna.
- Pues sí, ¿te parece raro?- dice él.
- Un poco...menciona Jenna.
- Pues no has visto nada... Hay nombres como Consuelo, Narcisa, Encarnación, Inmaculada- comenta Hernán.
- ¿Qué significan esas palabras?- pregunta Jenna.
A lo que Hernán contesta:
- Comfort, narcissist, incarnation, immaculate, antes era por influencia de la religión, hoy en día cualquier barbaridad le ponen a los pobres críos, nombres de tecnología, de famosos, nombres de programas y películas...
Hernán y Jenna se devoran la sopa.
-Está rica- dice ella.
Hernán se toma una copa de vino, sonríe y le dice a Jenna:
- ¡Cómo nos hemos reído esta mañana! en el albergue el concierto de ronquidos fue horroroso. Philippe estaba durmiendo en la litera encima de mí y quiso bajar desesperado a mitad de la noche a buscar los tapones de oídos en su mochila. Como se había tomado unos vinos anoche en la cena, no calculó bien la bajada y cayó encima de las mochilas. Christophe pensó que alguien quería robarnos y le metió un golpe que lo dejó en el piso. Al darnos cuenta todos de lo que estaba pasando nos pusimos a reír y no pudimos parar de reír por un buen rato. Los roncadores profesionales parecía que se alimentaban con las risas porque iban en aumento. Nos aseguramos esta mañana de verles la cara para más nunca coincidir con ellos en un albergue, o al menos no dormir en las camas contiguas.

Personal Glossary: (Place a number by the word and the reference here)

Jenna se ríe con ganas y dice:
- Cuando yo llegue a EE.UU. y les cuente esto a mis amigos no me lo van a creer, esto de dormir todos en el mismo cuarto, los ronquidos, los tapones de oído, los baños comunes.
Los dos comen su segundo plato.
Finalmente Hernán le pregunta:
- ¿Qué decidiste hacer sobre lo de Julián?
- Que sí voy a ir- contesta Jenna.
- ¡Perfecto!, te acompaño. Podemos ir mañana mismo, así ya sales de eso- le dice Hernán.

Esa noche, Hernán y Jenna conversan, luego escuchan música, Hernán le da a escuchar algunas de sus canciones y le encantan a Jenna. Luego él dice:
- Mañana nos espera una caminata larga y se hace cansona, ya verás. ¡Qué duermas con los angelitos! le dice él.
Al ver su cara de confusión le dice:
- *Sleep with the little angels*.
Se quedan dormidos pasadas las 11:00 cuando ya todos los demás duermen.

_____   _____   _____   _____

_____   _____   _____   _____

Capítulo XXII

http://chirb.it/9kee8E

Chapter 22

*J*enna y Hernán son casi los últimos en despertarse. Jenna le sonríe a Hernán diciendo:

-¡Qué bien dormí!

Ellos salen del albergue una hora después ya que toman un desayuno.

En el camino pasan por la capilla de San Nicolás de Bari y Hernán le cuenta que la reina Isabel la Católica, peregrinó hasta San Juan de Ortega buscando un milagro para poder tener hijos. Al salir del poblado, más adelante pasan por la famosa Atapuerca, donde han encontrado restos antropológicos de los más importantes en Europa.

Hay unas praderas llenas de flores de amapolas, es un paisaje bellísimo. Luego poco a poco se va perdiendo el encanto del paisaje, van por una carretera, hay tráfico, carros, camiones y muy pronto están en las afueras de Burgos. Caminan unos diez kilómetros que no son nada amenos.

Personal Glossary: (Place a number by the word and the reference here)

- ¿Recuerdas que te dije que iba a ser pesado?, ¡tal como la vida, unos días de rosas, otros de espinas!- comenta Hernán. - Iba pensando exactamente lo mismo- contesta Jenna.

Hay una gasolinera enorme del otro lado de la carretera, y Jenna reconoce a Elena. La llama a gritos. En unos minutos salen los canadienses y todos se reúnen, se abrazan, se besan y celebran el encuentro. Jenna dice:

- Extrañaba los chistes constantes de Philippe, los comentarios sarcásticos de Christophe, y a la divertida Elena que es muy directa para decir las cosas. Todos ríen... Christophe dice:

- Nosotros llegamos a la conclusión de que te pusieron un cohete en el trasero.

- ¿Qué es un cohete?- pregunta Jenna.

- A *rocket* le dice Hernán y con gestos le muestra un despegue.

- Es una expresión que se dice de la gente muy inquieta que no se puede quedar quieta por un rato, también se dice "tiene hormigas en el trasero"- le dice Elena.

Hernán añade:

- ¡Hala! ¡Vamos, en marcha! queremos conseguir camas en el albergue. Burgos es la ciudad donde todos quieren quedarse, dice Hernán.

Al llegar a una plaza ven muchos anuncios de albergues, ellos van al municipal, al lado de la Catedral, y consiguen cupo. Es inmenso y muy bonito, tiene seis pisos y parece un hotel, solo que con literas en vez de camas.

Luego de tomar un baño y después de los 28 km de caminata que se hizo cansona, todos toman una siesta menos Jenna y Hernán. Los dos buscan el cuartel de la policía. Allí se encuentran a los amigos de Hernán y también están en la sala las chicas que Jenna había visto con Julián. Una de ellas es la hermana de su amigo. Un funcionario los hace pasar a una sala. Todos se sientan y traen a Julián. Julián evita verlos a los ojos.

Una mujer escribe en la computadora mientras un funcionario dice:

- Se le acusa de hurto, diecisiete denuncias de robo en el último mes, cuatro casos que identifican al acusado. Tenemos los expedientes que se hicieron en otras provincias, ahora por favor lean el reporte que se hizo al momento que ustedes hicieron la denuncia y firmen atestiguando que conocen al sujeto.

Todos lo firman. Cuando van a sacar a Julián de la sala, él ve a Jenna por un momento. A Jenna se le aguan los ojos porque sabe que a pesar de toda la calamidad, Julián tuvo un poco de consideración con ella. Sin decir una palabra, él baja la vista lleno de vergüenza. Lo sacan de la habitación mientras él dice:

- Lo siento.

Y una vez más solo vuelve a hacer contacto visual con Jenna.

Esto fue mucho más breve de lo que Jenna imaginó, lo que la sorprendió es que no sintió rabia por él, en verdad sintió lástima. Se dio cuenta de que ella creía que Julián la ponía nerviosa por la manera como le hablaba y por lo que le decía, por ser tan buen mozo, por su trato. Nunca había conocido a alguien tan directo como él. Ahora se daba cuenta de que la razón por la que se sentía nerviosa era porque cuando lo conoció, ella no sentía que él era sincero.

Jenna confirmó su idea de que tenía que prestarle atención a su intuición al conocer a la gente. Como dice el dicho en español: Una persona precavida vale por dos.

Al final de la tarde, Jenna se sintió orgullosa de sí misma por no haber esquivado el problema de la corte y haber aceptado la responsabilidad de ir.

Esa tarde Jenna pasó horas en la Catedral, fotografió la fachada, los pasillos, las capillas... ¡la catedral es una joya arquitectónica!, no se cansaba de pensar Jenna. Luego, Elena, Philippe, Christophe y Jenna fueron a sacar fotografías de la estatua del Cid Campeador.

A Hernán no lo vieron esa noche.

Caminando por Burgos, notaron que es una ciudad muy bonita pero la más cara que habían visto hasta ahora.

En un café se encontraron con el profesor Rodríguez, Mariluz y Haydeé. Se enteraron de que el estudiante rumano tuvo que viajar de emergencia para Rumania por cuestiones de salud de un pariente. Esa noche Mariluz invitó a Haydeé y a Jenna a comer cordero en un restaurante muy famoso de Burgos. Fue la primera vez que Jenna probó cordero y ella pensó que era una de las carnes más deliciosas que había probado en su vida. Esa noche se tomó su primera media copa de vino tinto con la comida. Al terminar de comer, eran las nueve y media de la noche, Jenna sacó su tableta, hizo una grabación en video para enviársela a su mamá mostrándole la carne y su primera copa de vino. Le pidió a Mariluz y a Haydeé que dijeran un saludo. Esa noche al llegar al albergue también les pidió a sus amigos que le dijeran un saludo a su madre y los grabó. Después, Jenna le envió el correo más largo que le había escrito a su mamá desde que llegó a España. También le mandó el video con el saludo de los amigos con los que estaba compartiendo esta maravillosa experiencia y lo más sorprendente es que por primera vez en mucho tiempo, terminó diciéndole a su madre -*I love you*-

Finalmente, antes de acostarse, escribió en su diario:

21 de junio

Hoy fue el día de solsticio de verano y también fue uno muy especial. Caminé 28 km, un kilómetro es 0,62 millas, no puedo creer que en los últimos dos días hice más de 55 km y con una ampolla, que menos mal está curándose. Vi una obra arquitectónica impresionante: La Catedral de Burgos; me di cuenta que en verdad me encanta la arquitectura. También la señora Mariluz me invitó a comer a un restaurante muy famoso de España y probé carne de cordero, creo que es mi favorita ahora.

Hoy fui a la estación de la policía y vi a Julián, me dio pena, pero uno no puede ayudar a los que no quieren ayudarse a sí mismos. Tuve que declarar que él era el culpable de hurto de mis 90 euros. A la amiga de

Hernán le quitó más de 200 euros y su documento de identidad, a otras chicas les robó más de mil euros. Quise decirle a Hernán: "-Cuando nos conocimos me dijiste que teníamos tres cosas en común; los dos somos de América, nuestros nombres comienzan con J y los dos tenemos como destino llegar a Santiago- ese día yo no supe qué decirte, hoy sabía lo que te quería decir pero no pude; -me da mucha pena ver como arruinas tu vida, que lástima que definitivamente vas para Santiago, pero de Chile, porque a Santiago de Compostela ni en sueños-".

Definitivamente a Julián le toca pagar y con lo más valioso que tenemos, con su libertad y con su tiempo.

෨෨෨෨෨෨෨෨

Capítulo XXIII

http://chirb.it/eP4f6e

Chapter 23

$\mathcal{P}$or los próximos cinco días caminan cruzando praderas y poblados. Unos días con lluvia, otros con sol. Aprenden a compartir caminatas silenciosas.

Se acompañan, pero cuando no van conversando, cantando, riéndose o haciendo chistes; cada uno va buscando sus propias respuestas, descubriéndose a sí mismos y entre ellos. También van haciendo nuevos amigos y despidiéndose de otros. Así es el camino, como en la vida, las personas entran y salen, lo cierto es que ambos, la vida y el camino, continúan.

A Hernán no lo vieron más desde Burgos. Mariluz y el profesor Rodríguez ya no se separan, están haciendo el camino juntos.

Personal Glossary: (Place a number by the word and the reference here)

_____   _____   _____   _____

Haydeé comparte tramos con Jenna, Philippe y Elena. Christophe es el único del grupo que a veces es difícil de soportar. Tiende a quejarse muchas veces y su actitud es negativa. En muchas ocasiones, ya bien caminando o por las noches después de la cena, los chicos hablan cada vez más sobre sus inquietudes, miedos y sueños. Pasan la noche en Hornillos, Castrojeriz (un antiguo poblado celta), Boadilla del camino y Frómista.

Jenna no vuelve a ver a Briggitte ni a la señora que perdió a su hijo, Soledad. Piensa en ellas en varias oportunidades. Se da cuenta de que especialmente extraña la presencia de Hernán, es un chico sumamente agradable, le cae muy bien y se encuentra pensando en él casi todos los días. Le gustaría verlo de nuevo pronto, le duele mucho pensar que existe la posibilidad de no volver a verlo nunca más.

Cuando finalmente Jenna consigue hablar con su mamá por teléfono un sábado, ambas se echan a llorar. La madre de Jenna está contentísima de que su hija está madurando, de que está cambiando su actitud y de que lo está pasando muy bien. Sobretodo ella está inmensamente feliz de que finalmente después de dos años su hija se está despidiendo en los correos con un "te quiero, mamá".

El quinto día después de salir de Burgos llegan a Carrión de los Condes. Allí escuchan que hay un concierto de guitarra en la iglesia.

Personal Glossary: (Place a number by the word and the reference here)

Esa noche van más de 100 peregrinos a la iglesia parroquial ya que después del concierto ofician una misa para el peregrino. Al terminar la misa hay una bendición para todos los peregrinos, y les regalan una estrella de papel pintado. Es muy bonito. Todos los peregrinos salen llorando, llenos de emoción. Los ingleses, los japoneses, australianos, italianos, alemanes, españoles, ¡todos! se abrazan sin conocerse, se desean un buen camino. En Carrión de los Condes hay seis o siete albergues. Jenna y sus amigos se están quedando en uno no muy grande, no es el municipal. Es uno privado, donde sirven comida para cenar y desayunar. Esa noche después de la cena, los dueños del albergue hablan sobre los diferentes caminos; el de la Costa, el Portugués, el de la Vía de la Plata. El hombre les cuenta que él vivía en Madrid y tenía un buen trabajo. Sin embargo, nunca tenía tiempo para su familia ni para hacer lo que le gustaba. Así que un buen día, él y su esposa renunciaron a sus trabajos, y se mudaron a este pueblo. Se sienten felices de vivir una vida más armoniosa. No tienen tantas entradas pero viven con una mejor calidad de vida.

Los chicos caminan cuatro días más pasando por Lédigos, Bercianos del Real Camino, Sahagún, El Burgo Ranero y Mansilla de las Mulas.

La noche del 23 de junio, Haydeé les dice que al día siguiente, al llegar a León van a haber muchas fiestas porque el 24 de junio se celebra el día de San Juan. En León van a tener fiestas por toda una semana.

Así que a la mañana siguiente, después de un delicioso desayuno con yogur, naranjas, plátanos (en España llaman plátanos a las bananas), cereal, leche, pan, mantequilla y mermelada, salen Elena, Haydeé, Philippe, Christophe y Jenna rumbo a León. Son los penúltimos en salir del albergue, Mariluz y el profesor Rodríguez madrugaron ese día y salieron bien temprano. Esa noche nadie roncó, todos durmieron muy bien. El dueño del albergue prohíbe las salidas antes de las 7:00 AM, así nadie se levanta a las 4 o 5 de la mañana despertando a todos los peregrinos.

Capítulo XXIV

http://chirb.it/JKBz8r

Chapter 24

*Y*a llevan más de la mitad del camino, probablemente en unos trece o catorce días llegan a Santiago de Compostela, piensa Jenna. Ella se siente muy contenta de lo que está logrando hacer y de lo bien que se está adaptando a esta nueva experiencia. Esta vida de levantarse y solo preocuparse por caminar y alimentarse en otro país, le encanta. Le da tiempo de pensar en sí misma. No hay tiempo para aburrirse, ¡se conoce a tanta gente y uno aprende muchísimo! ¡Todos comparten la misma meta, llegar a Santiago! Lo más interesante, es que cada persona tiene una historia, la mayoría habla abiertamente de cosas que no son nada superficiales; temas de los que Jenna nunca había conversado anteriormente de una manera tan natural. Es por esto que ella se siente mucho mejor con respecto a Alex y su mamá, gracias a conversaciones con gente en el camino. ¡Esto es mucho mejor que ir a un psicólogo, una excelente terapia! piensa Jenna.

Al llegar a una colina ya cerca de la ciudad, hay cuatro personas que están practicando yoga en un mirador del camino, Jenna distingue a Briggitte entre ellos. Se ve muy bien, es una mujer que siempre está sonriendo, es lo que la hace verse tan bien. Elena y Christophe como es a menudo común, están discutiendo sobre cualquier tontería, a ellos parece encantarles el hecho de ver quién tiene la razón. Jenna va sin prestarle atención a la conversación. Jenna no deja de pensar en Hernán, sus conversaciones eran muy interesantes, ella estaba siempre aprendiendo de él y con él.

A medida que se acercan a la ciudad, Jenna ve a una figura que cree reconocer. ¿Es Hernán el que está allí a unos cuantos metros? Al acercarse, lo reconoce. Ella es la primera en gritar:
- ¡Hernán!-
Él corre a su encuentro y la abraza, le dice al oído:
- ¡No sabes lo feliz que estoy de verte! ¡Tengo días soñando con este momento!
No solo se dan los dos besos típicos del saludo en España, sino que también se quedan mirando intensamente el uno al otro.
Jenna siente que el mundo gira a todo su alrededor. Las manos le tiemblan.
Hernán finalmente abraza y saluda a todos los demás, diciéndoles:
- Llegué ayer, tuve que quedarme en Burgos para acompañar a mis amigos. Uno de ellos se enfermó y abandonaron el camino. Una complicación digestiva que terminó en una operación. Pero finalmente ya está bien.
- ¡Te echamos en falta! - comenta Elena.
- Sí, ¡mucho! – dice Jenna.
- ¡Llegaron a tiempo! ¡Hoy es el día de la gran celebración de San Juan! - dice Hernán.
Elena comenta:
- ¿A qué albergue vamos?, leí que el monasterio de las monjas carvajalas es el más lindo, grande y limpio. Tienen cuartos separados solo para mujeres y solo para hombres.
Hernán añade:
- El problema es que allí no vamos a poder entrar esta noche después de las veintidós y treinta. Y seguro que vamos a querer salir a las celebraciones de la feria, ¿no?
- ¿A qué hora? - pregunta Jenna.
- A las diez y media de la noche - le dice Philippe.

El grupo camina por la ciudad de León. Aquí se ven muchos turistas. También llegan muchos peregrinos en tren y en autobús ya que es un punto común para iniciar el camino.

- Bueno, vamos a ver que otros albergues conseguimos- dice Christophe.

Jenna está en estado de éxtasis, no le importa a qué albergue van, no le importa nada en estos momentos, ¡está súper emocionadísima de que Hernán se unió al grupo! ¡Es el comienzo de una nueva etapa que promete estar llena de sorpresas y de muchas emociones, empezando esta misma noche con la celebración de las Fiestas de San Juan!

PART THREE

(VOLUME 3)

Capítulo XXV

http://chirb.it/dFlHpL

Chapter 25

*L*eón es una de las ciudades clave del Camino de Santiago, fue creada por los Romanos y destruida por el militar árabe Almanzor. La ciudad tuvo su esplendor durante el Siglo X cuando el mapa de España lucía muy diferente. En ese entonces gran parte del país estaba bajo el dominio de los musulmanes, quienes dominaban el área conocida como Al-Ándalus. Al norte de la península ibérica estaba el reino de León que incluía Galicia, Asturias, Salamanca, entre otras.

Hoy en día, la ciudad de León es una ciudad hermosa, grande y acogedora. La mayoría de los edificios no tiene más de cuatro pisos. En el centro se encuentra la Plaza Mayor y una zona conocida como el Barrio Húmedo. Este último es conocido por su variedad de restaurantes y bares. Además es muy famoso por el tapeo.

Es media tarde cuando Jenna, Elena, Haydeé, Philippe, Christophe y Hernán andan por el área del centro buscando un albergue. Al principio no tienen suerte ya que en los dos primeros que visitan les informan que las puertas se cierran a las diez de la noche. Al tercer intento, encuentran un albergue privado que está cerca del centro y tiene una habitación con cuatro literas y baño privado. El dueño les muestra la habitación que tiene una puerta que da al jardín posterior. El hospitalero les dice:

-Ya sabéis que hay muchos haciendo el camino que se despiertan a las 4:30 y salen a las 5 de la mañana. No es justo para los que quieren dormir más. Tengo esta habitación para los que salen antes de las 6:00 AM. Vosotros sois seis pero si la queréis para llegar después de las once tendréis que pagar por las otras dos camas.

Hernán pregunta de inmediato:

-¿Así que podemos entrar por esta puerta aunque sea tarde sin molestar a nadie?

El hospitalero muestra una puerta al lado de la lavandería.

-Siempre y cuando uséis el baño de afuera. Eso sí, mañana a las ocho y media todos deben estar fuera, ¿vale?

-Sí, sí, claro –contestan todos.

El grupo deja sus mochilas en la habitación, cada uno elige una cama con el simple hecho de colocar su mochila encima. Jenna y Hernán seleccionan camas contiguas. Todos salen del cuarto y siguen al hospitalero. Luego de registrarse, pagar y recibir el sello del albergue en la credencial, deciden salir de una vez para recorrer la ciudad. ¡Hay mucho que ver en León!

Visitan el monasterio de las monjas carvajalas, uno de los más grandes albergues. Es un edificio enorme frente a una plaza, ellos entran para conocer el sitio. Hay muchos peregrinos dentro.

De allí se dirigen hacia la Plaza Mayor. Hay personas que están preparando una tarima, parece que habrá música, fuegos artificiales, y una hoguera.

Personal Glossary: (Place a number by the word and the reference here)

....

-¿Por qué no vamos a ver la Catedral de León? –pregunta Haydeé.

-Leí que es mejor esperar que sea un poco más tarde o entrar temprano en la mañana. Así la luz ilumina mejor los vitrales –dice Jenna.

Hernán le sonríe a Jenna. Haydeé contesta emocionada:

-¡Tienes razón! Qué bien, con este día tan soleado vamos a tener buena luz. Vi en una oportunidad un documental de la Catedral de León y me pareció hermosísima. Quiero verla en persona.

Christophe sonríe mientras dice:

-¡Vamos, no es para tanto! Como cualquier catedral gótica...

Todos se miran entre sí y sonríen como diciendo que han perdido las esperanzas con Christophe.

-¿Ustedes vieron la película que hizo Martin Sheen con su hijo Emilio Estevez que trata del camino? En inglés se llama "The Way" -pregunta Elena.

- ¡Sí, la vi! Me pareció interesante –dice Philippe.

A lo que Elena comenta con entusiasmo:

- ¿Recuerdas el Hotel al que van una noche porque Martin Sheen decide invitarles a todos una noche de lujo?

Philippe asiente con la cabeza.

-¡Pues ese hotel está aquí! ¿Por qué no vamos allí antes de la Catedral? Dicen que está cerca de La Catedral –añade Elena.

-Les cuento que ese hotel es el Parador de León, con una gran historia. Se conoce como el Hotel Hostal San Marcos porque en la antigüedad era el albergue para los peregrinos que iban rumbo a Santiago de Compostela. Fue construido en el siglo XII. Tiene fama de ser uno de los mejores del mundo -agrega Hernán.

Los chicos continúan caminando por las calles de León hasta llegar al impresionante Parador. Es una construcción majestuosa.

-¿Esta es la Catedral? –pregunta Christophe.

-No, claro que no. Este es el hotel, antiguo monasterio –contesta Elena.

-Debe costar un montón de euros por noche... -dice Philippe.

-¡No lo dudes! -agrega Elena.

Personal Glossary: (Place a number by the word and the reference here)

....

Ellos toman fotos de los hermosos jardines en la plaza de la entrada y de la fachada principal mientras que Hernán entra de inmediato. Luego de unos minutos, todos entran y quedan estupefactos con la elegante recepción, el salón y el patio interno. Hernán está junto al patio viendo todo, está como absorto, en otro mundo. Al entrar, los chicos van al salón donde se encuentra Hernán. La decoración e inmobiliario llaman la atención. Es como estar en un museo rodeado de magníficas piezas.

-¡Qué carpeta tan sorprendente! -dice Jenna.

-Carpeta se le dice al *folder*. Alfombra es sobre la que estamos parados, lo de la pared es un tapiz -le corrige Haydeé.

-Tengo amigos latinos en la escuela que dicen carpeta, lo aprendí de ellos -dice Jenna.

-No me extraña, en los dos meses que estuve en EE.UU. tratando de aprender inglés, me la pasaba corrigiendo el castellano a muchos hispanos allí... vamos a lonchar, te llamo pa'trás, instalamos carpetas... -dice Elena sonriendo.

Christophe en tono sarcástico se dirige a Elena:

-¡Con razón no aprendiste inglés! con amigos latinos y corrigiéndoles su español.

Hernán se le acerca a Jenna y le toma la mano.

-Me encanta ver cómo avanzas en pro de tu sueño de ser bilingüe. ¡Cada día más cerca!- le dice Hernán y le besa la mejilla.

Ella se sonroja y sonríe.

Philippe ve el gran reloj que decora una de las paredes de la recepción y les avisa a todos que es hora de seguir.

Efectivamente, ya es hora de ir a la Catedral antes de que baje la luz y anochezca. Ellos salen y apenas han caminado unas cuadras cuando llegan a la Catedral.

-¡Qué imponente! –dice Elena.

Philippe sin esconder su asombro dice:

-Me sorprende cuando veo edificios como estos construidos hace siglos. Son obras que te hacen pensar ¿cuántas personas habrán trabajado en la construcción? ¿cuántos años pasarían construyéndola?, realmente es sorprendente.

Christophe añade:

-Uno de mis libros favoritos trata sobre la construcción de catedrales, de hecho menciona a la Catedral de Santiago de Compostela. No me pude separar del libro hasta terminarlo.

-¿Hablas de "Los Pilares de la tierra" de Ken Follet? – pregunta Haydeé

-Ken Follet, sí... lo leí en inglés, Pillars of the Earth - responde Christophe.

-Mi mamá estuvo leyendo ese libro, le encantó- dice Jenna.

Todos se detienen en la entrada para admirar los arcos y la fachada.

-Eso sería fantástico para ti. Leerte el libro en español y tener la versión en inglés para que la consultes. El libro es magnífico, y estoy seguro de que a ti te gustará muchísimo -le dice Hernán a Jenna.

El grupo entra. Todos se callan cuando alguien les hace señas de que no hablen. La misa de las diecinueve horas está por terminar.

La luz se filtra a través de los vitrales y es hermosísimo ver el trabajo artístico.

La catedral es de estilo gótico, tiene impresionantes vidrieras y rosetones.

Mientras todos admiran el interior de la catedral, Hernán se sienta en un banco, se persigna y se queda pensativo. Pasa un buen rato, él finalmente se da cuenta de que los chicos han recorrido el interior de la Catedral y que están detrás de él. Hernán se dirige a una mesa donde hay velitas; él enciende una y la coloca a los pies de una virgen. Camina hacia la puerta principal, toma a Jenna de la mano y salen todos. Al salir, está casi oscuro y pueden apreciar la fachada iluminada que se ve espectacular.

Personal Glossary: (Place a number by the word and the reference here)

....

Afuera, Haydeé comenta:

-En el documental que vi; contaron la Leyenda del Topo, según la cual, un topo deshacía por la noche los trabajos que los canteros realizaban de día. De hecho, esta catedral presenta graves problemas de cimentación, fue construida sobre hipocaustos romanos del siglo II. Escuchan una voz familiar detrás de ellos.

-¡Hola! –dice Mariluz.

Haydeé se acerca a su abuela y la abraza. Todos se saludan y besan.

-¿Y el profesor?- pregunta Jenna.

-Lo dejé tomando una siesta, quiere tener energía para las fiestas. ¿Ya saben adónde hay que ir esta noche?

- A la Plaza Mayor -dice Elena.

-¿Dónde se están quedando? -pregunta Haydeé.

-¡No lo van a creer! Vengan que se los muestro –contesta Mariluz.

El grupo camina hasta llegar al Parador de León, que ahora de noche, con la iluminación de la fachada y jardines, parece otro edificio y que nuevamente lo deja a uno boquiabierto.

-¿Se están quedando aquí en el Parador? -pregunta Jenna.

-Pues ha sido una sorpresa para mí. Yo no sabía casi nada de este edificio, pero para el profesor Rodríguez esta es una de las paradas más importantes del camino. Tiene años planeando poder venir -contesta Mariluz.

Entran al hotel y Mariluz les muestra el museo de antropología donde les pide que la esperen mientras sube a la habitación. Al poco rato ella baja e invita a los chicos a subir para que conozcan el cuarto. Todo está decorado con un gusto exquisito. Todos parecen estar disfrutando el interior del hotel, menos Hernán, que nuevamente se muestra ausente.

-¿Está todo bien?– le susurra Jenna al oído.

Él le responde:

-Sí, bien. Nada para preocuparse.

En eso, el profesor Rodríguez saca de su mochila su guía del camino mientras dice:

-Leí sobre un restaurante con un excelente menú para peregrinos, ¿quién tiene hambre?

-¡Yo estoy con muchas ganas de comer! –contesta de inmediato Christophe.

-¡Yo tengo mucha hambre también! –dice Elena.
El profesor mira a Mariluz y Haydeé esperando sus respuestas.
-Sí, yo también –añade Mariluz.
-¡Estoy hambrienta! –dice Haydeé.
-¿Quién más se anota? –pregunta el profesor Rodríguez.
-Yo– dice sonriendo Jenna.
-¿Qué creen? –pregunta riéndose Hernán.
-Pues que por ser el último, nos invitas a todos el postre.
El grupo aplaude, y todos se ríen.

Capítulo XXVI

http://chirb.it/cnppHk

Chapter 26

*E*l restaurante está repleto de gente. En una mesa de una esquina están todos disfrutando de la comida. Se comienzan a escuchar cohetones. En el restaurante hay una música de fondo. Jenna, Haydeé y Mariluz aún están comiendo, Elena y los chicos han terminado.

-Hernán, ¿qué nos cuentas de las hogueras de San Juan? Hoy va a haber una en la Plaza Mayor justo antes de medianoche, ¿no? -pregunta el profesor Rodríguez.

- Pues, varía en toda España. Hay sitios donde las hogueras son el centro de la celebración de San Juan y las hacen la noche del 23 al 24 de junio. Una de las más famosas en España son las Fogueras de Alicante, allí se hacen hoy. Allí habrá toda una serie de hogueras, es una gran celebración, han estado en fiestas presentando los "ninots" que son unas esculturas que hacen unos cuantos grupos de la comunidad representando lo que la gente no quiere, de lo que están hartos o lo que desean que cambie... En líneas generales, en estas hogueras se quema alguna figura simbolizando la eliminación de algo que no se quiere. Cada persona mentalmente también puede elegir lo que quiere "quemar" de sí mismo... -responde Hernán.

-¿Quemar de sí mismo?, ¿quieres decir eliminar cosas materiales o actitudes, recuerdos, maneras de ser? -pregunta Jenna.

-Exactamente, hace años sí que la gente quemaba bienes materiales. Hoy en día es simbólico. Esta noche quizás verán a una que otra persona ver el fuego y llorar, estarán en su proceso interno de ver cómo queman lo que no les gusta de sus vidas.

O sea que un poco como esa piedra que muchos de nosotros estamos llevando a la Cruz de Ferro para dejarla allí como símbolo de lo que deseamos eliminar en nuestras vidas - añade Mariluz.

-Sí –contesta Hernán.

-¿Has ido alguna vez a las Fogueras de Alicante o a Las Fallas de Valencia? –pregunta el profesor.

-Sí, fui a Alicante con mis padres. Recuerdo que por la noche hicimos un recorrido viendo todos los ninots que iban a quemar. Los ninots son trabajos artísticos que hacen grupos de vecinos, empresas o amigos, y compiten por premios. Los exhiben y en la noche de San Juan ya se sabe cuáles son los ganadores que se incendiarán. Hay un itinerario con horas asignadas. Fui hace más de diez años y todavía recuerdo con detalles la celebración, la gente, los fuegos, los cohetones, los bailes y los ninots. Una de esas esculturas me impresionó; medía más de tres metros de alto, era la figura de una mujer súper voluptuosa, con muchas curvas, a sus pies tenía un cartel con inyecciones rotas que decía: "Sé tú misma – No más dietas extremas y di no a tanta cirugía plástica". A mi madre le causó mucha gracia, no paraba de reír. Era un trabajo magnífico. Cuando la incendiaron las llamas eran altísimas. Llegaron los bomberos con sus mangueras y las apagaron. A mí me mojaron los bomberos, a veces te mojan por accidente porque estás parado en la primera fila. Pero muchos buscan ser mojados porque es parte de la diversión, y si has llorado en el proceso, nadie se da cuenta –contesta Hernán.

-Sí, la verdad que está bien la analogía, a los españoles siempre les ha gustado que España se conozca como el país del buen comer– comenta el profesor Rodríguez.

-¡Qué interesante! –comenta Philippe.

-Esta noche tendremos la oportunidad de vivir una hoguera… -dice emocionada Elena.

-Ya todos terminaron y la cena incluye el postre, así que se salvó Hernán –dice Mariluz.

El profesor Rodríguez ríe y comenta:

-Pues, listos para la celebración… ¡Barriga llena, corazón contento!

Jenna se toca el estómago y mira a Hernán diciendo:

-¿Barriga?

-Sí, estómago. Es un dicho muy popular –le contesta Hernán.

-Barriga llena, corazón contento -repite ella- sonriendo.
Al salir del restaurante ven cantidad de gente andando, los hay sentados en bancos de las plazas conversando. Ellos se dirigen hacia la Plaza Mayor.

Al llegar, ven en la tarima a un grupo bailando.

-Creí que veríamos flamenco, ¿qué bailan? -pregunta Christophe.

-Flamenco no es el único baile típico en todo España. Se baila más que flamenco. Hay muchos bailes tradicionales; como el pasodoble, la jota, las sardanas, las seguidillas, las sevillanas y muchos otros. Creo que este es una jota -dice Haydeé.

Unos chicos españoles al lado de ellos comienzan a bailar imitando a los bailarines. La gente se va animando y muchos bailan. Vemos a unos turistas siguiendo el ritmo mientras aplauden con las manos. Todos están muy animados, bailan, ríen y se divierten.

A medianoche los bomberos prenden las llamas de la hoguera. Esta es una gran fogata con maderos. La gente se concentra en un círculo alrededor viendo cómo arden las llamas.

-Todavía no he definido bien lo que voy a tirar con la piedra, ahora no sé qué voy a quemar, ¿y tú?- le pregunta Haydeé a Jenna.

-Mi falta de confianza en mí misma, mi timidez -contesta Jenna- y le sonríe a Haydeé.

Haydeé la abraza y le dice:

-No sé cómo serás en los EE.UU, pero lo que veo de ti aquí muestra a una chica muy segura de sí misma, el solo hecho de estar aquí en España lejos de tu hogar lo dice todo.

-Es cierto, aquí me siento y actúo diferente. Espero seguir así cuando regrese -contesta Jenna.

Hernán se abre paso entre la gente, llega con unos helados y los comparte con el grupo.

-¿Les apetece un helado?

Todos toman un cono con entusiasmo agradeciendo a Hernán por tan brillante idea.

Cuando casi termina de arder la hoguera, lanzan unos cohetones. Hernán toma a Jenna de la mano y la conduce fuera de la multitud. Llegan a un sitio de la plaza donde pueden verse mejor los fuegos artificiales. Hernán abraza a Jenna y le dice:

-Me gustas mucho, ya lo sabes, ¿no?

Ellos se besan. Jenna se abandona en el abrazo y el beso parece nunca acabar. Los dos se miran a los ojos y sonríen. En eso, comienza la música de nuevo, esta vez es una banda de chicos jóvenes. Muchos comienzan a bailar. Hernán y Jenna se acercan al grupo de gente bailando. En el centro del grupo están Haydeé, Elena, Philippe y Christophe bailando y pasándola muy bien.

Mariluz y el profesor Rodríguez se acercan a Hernán y Jenna para despedirse.

-Nosotros ya no estamos como para bailar, mañana pensamos visitar algunos sitios aquí y vamos hasta Villar de Mazarife -dice el profesor Rodriguez.

-O sea que os vais por el alterno -dice Hernán.

-Sí -contesta el profesor.

Mientras tanto Mariluz saca de su cartera dos móviles y se los entrega a Jenna diciendo:

-Por favor dale uno a Haydeé, el otro es para ti. Ya tiene mi número guardado en la lista de contactos. No son para desconectarse del camino y solo estar pendiente del teléfono. Tienen un monto básico para enviar mensajes y para mantenernos en contacto. Ahora, si le quieres dar el número a tu mamá, ella te podrá llamar para conversar contigo y a ti no te cuesta nada. Va a ser tu prueba de fuego, un regalo para ayudarte a que mantengas tu meta -le dice Mariluz a Jenna.

Jenna se emociona, abraza a Mariluz y le da dos besos diciéndole:

-Muchas gracias, señora Mariluz.

Ellos se despiden. Hernán y Jenna se unen al grupo y comienzan a bailar.

Capítulo XXVII

http://chirb.it/9PJBeL

Chapter 27

Son las 8:30 de la mañana cuando el hospitalero toca la puerta del cuarto diciendo:

-¡Hala! es hora de salir, me toca limpiar todo para los peregrinos que llegan hoy.

Adentro todos están profundamente dormidos. Con los golpes en la puerta se despiertan, y entre risas y tropiezos, se levantan a gran velocidad, recogen sus cosas, se lavan la cara, se cepillan los dientes y algunos el pelo. Todos se van con la ropa del día anterior.

Quince minutos después se despiden del hospitalero. El grupo camina pasando frente a La Casa de los Botines, obra neogótica de Gaudí, con una hermosa fachada. Toman fotos y siguen su camino hasta encontrar una pastelería que anuncia desayunos especiales. Entran y una vez sentados, mientras desayunan, conversan sobre la caminata por realizar. Philippe saca su guía del camino y dice:

-Hay dos rutas. El camino va junto a una carretera principal durante casi todo el recorrido. Hay otra variante que va por un camino de tierra y dura cuatro kilómetros más.

-Yo prefiero ir por el camino real, no por uno alterno – comenta Elena.

-Para no llevarte la contraria hoy, estoy de acuerdo contigo -dice Christophe.

-La verdad es que el año pasado lo hice junto a la carretera y no desearía repetir ese recorrido, demasiado tráfico, no me gustó para nada –dice Hernán.

-Yo prefiero ir por el alterno -dice Haydeé.

-De hecho tu abuela también va por ahí –añade Hernán.

-Ya lo sé, –contesta Haydeé- sonriendo mostrando el teléfono.

Jenna se encoge de hombros diciendo:

-La verdad es que no sé. Todo me ha gustado. Pero claro que lo que menos me gusta es caminar al lado de las carreteras y autopistas. Prefiero caminos entre montañas. -Bueno, de eso por ahora, nada. Este trayecto es plano, no hay árboles, solo arbustos de vez en cuando. Una vez que lleguemos a Galicia vas a estar en éxtasis.

El grupo termina de desayunar, salen de León y visitan la Iglesia de La Virgen del Camino. Según la tradición; la Virgen se le apareció a un pastor y le ordenó levantar en ese lugar un Santuario, dedicado a su culto.

La iglesia fue construida en 1961, es de estilo modernista, y en su fachada hay estatuas de siete metros de altura, que representan a la Virgen y los doce Apóstoles.

En la entrada de la iglesia, hay un chico muy joven que está sentado en el piso. Él está tocando la armónica y pidiendo dinero. Jenna se para junto a él y lo escucha tocar una melodía muy linda que no conoce. Ella lo ve a los ojos y le sonríe. Jenna le da un euro.

Él le sonríe diciéndole:

-Buen camino.

Jenna se apresura a reunirse con sus amigos que ya comienzan el camino.

Finalmente, Haydeé, Philippe, Hernán y Jenna se van por el camino alterno. Elena y Christophe se encuentran a unos chicos que conocieron el día anterior mientras bailaban y deciden ir por el camino tradicional.

El camino alterno es bastante tranquilo, un camino de tierra a lo largo de una llanura, un poco monótono y con un calor insoportable, se conoce como el duro páramo leonés.

-No quiero pensar lo que será ir por la autopista con este calor. Es como que el asfalto te hace sentir más caliente –dice Philippe.
-Oye, Philippe, no nos has dicho si estudias o trabajas - dice Hernán.
-Ambas cosas, trabajo en una empresa que procesa cuestionarios en línea y estudio psicología.
-¿Qué rama te interesa? -pregunta Haydeé.
-Por ahora tengo varios intereses, no lo sé –contesta él.

El grupo se detiene en una fuente para rellenar sus botellas de agua y mojarse un poco la cabeza para soportar el calor. Se sientan un rato en un banco bajo la sombra de un árbol.

-Aún nos faltan como diecisiete kilómetros, este es uno de esos caminos como para que nos contemos nuestras vidas completas –dice Hernán.

-Si están dispuestos, les propongo hacerles un test que revela ciertos aspectos de la persona –dice Philippe.
-Así que nos vamos a delatar delante de todos –dice sonriendo Haydeé.
-¿Por qué no? Ya casi que nos estamos volviendo familia - dice Hernán.
-La familia del camino... –añade Jenna.

Jenna se siente nerviosa y curiosa de aprender más sobre Hernán, por lo que sonríe.

-Bueno, mejor lo hacemos aquí para que puedan hacer la visualización mejor y luego ya una vez caminando cada uno comenta como fue la experiencia- dice Philippe.
-Voy a necesitar que se pongan cómodos, sentados en la grama con el respaldo de sus mochilas o en el banco. Yo voy a ir narrando varios escenarios y ustedes los van a visualizar sin decir nada, tratando de sentir el momento. Si vienen otros peregrinos, yo hago una pausa hasta que se vayan... ¿De acuerdo? -pregunta Philippe.
-Sí, -responden ellos.

Justo en ese momento llegan tres peregrinos, ellos llenan sus cantimploras de agua, saludan y continúan a paso rápido.

Entonces comienza Philippe diciendo:

-Por favor cierren los ojos. Hagan tres respiraciones profundas, respiren lentamente, inhalen profundamente por la nariz, llenen de aire sus pulmones, ahora exhalen suavemente por la boca. Con cada respiración experimenten una gran paz llenando su cuerpo... Ahora ya sí respiren y exhalen a su ritmo por la nariz... Muy bien, visualicen que están solos sin ningún acompañante en un bosque... quiero que vean alrededor para que puedan ver en detalle cómo es ese bosque... quiero que observen qué es lo que ustedes están haciendo y cómo se sienten.

Philippe guarda silencio unos breves segundos dándole chance a todos de relajarse y visualizar. Entonces sigue:

-Ustedes van caminando por el bosque y de pronto se encuentran con una llave... Miren bien la llave, analicen cómo es y vean qué es lo que hacen ustedes con ella. Luego sigan caminando hasta llegar a un riachuelo. Quiero que lo vean bien, ¿cómo es?, ¿cuánta agua tiene?, ¿cómo corre el agua y qué hacen ustedes? El camino sigue pero hay que cruzar el riachuelo.... Sigan caminando y luego de ir un rato por el bosque analicen qué sentimientos y pensamientos les llegan a la mente. ¿Cómo se sienten? De pronto, de manera inesperada se encuentran un muro en la mitad del bosque que les bloquea el camino a seguir... vean bien el muro, ¿cómo es?, ¿de qué está hecho?, ¿qué hacen ustedes?

Philippe calla y todos quedan en silencio, hay una pausa.

-Cuando terminen de visualizar, abran los ojos –añade Philippe.

Todos abren los ojos y se miran entre sí.

-¿Y ahora? -pregunta Hernán.

-Vamos a caminar mientras conversamos sobre el significado. Como somos un grupo, lo mejor es que cada uno vaya narrando lo que vio en su visualización, y yo luego les digo el significado para que cada uno de ustedes vea la relación. Va a ser sencilla la interpretación, si quieren luego podemos hablarlo en detalle.

Los chicos se levantan, se ponen sus mochilas y emprenden el camino.

A los pocos minutos, Philippe dice:

-Ahora cada uno va a decir lo que vio en el momento, si cambias lo que viste porque te gustó más el comentario de otro, esto no va a funcionar para nada. Solo funciona si narras la primera imagen que visualizaste. No te dejes influenciar por lo que escuches que digan los demás. Pues bien, ¿quién quiere comenzar diciendo cómo vio el bosque? Es importante que describan el bosque que vieron con la mayor cantidad de detalles posible y que también digan cómo se sentían.

Jenna comienza:

-Bien, mi bosque era de muchos arbustos y algunos árboles…¿largos? No, perdón quise decir altos, había muchos helechos, era húmedo, muy verde. No había un camino bien definido, a veces no estaba segura de por dónde seguir, tenía que apartar las ramas para poder pasar.

-¿Estaba oscuro? -pregunta Philippe.

-Más o menos, había luz y sombra– responde ella.

-¿Cómo te sentías? –continúa Philippe.

-No estaba tranquila porque no había un camino bien definido. Iba por un sendero… ¿Cómo se dice *narrow*?

-Angosto –contesta Philippe.
-Muy angosto, y por momentos ya no sabía por dónde ir - añade ella.
-¿Algo más del bosque? -pregunta Philippe.
-No... -responde Jenna.
-¿Sentías miedo o solo inseguridad? ¿Algún otro sentimiento? -pregunta Philippe.
-No tenía miedo, quizás un poco de ansiedad y por otro lado disfrutaba viendo lo hermoso que era el bosque - dice Jenna.
-Okey, ¿quién sigue? -pregunta Philippe.

Haydeé y Hernán se miran. Hernán hace una mueca indicándole a Haydeé que continúe.

-El bosque tenía mucha vegetación. No hacía frío ni calor, estaba soleado pero yo no podía ver el cielo porque había muchísimos árboles con unas coronas gigantes. Yo iba caminando por una especie de sendero, estaba lleno de flores. Yo iba con cuidado para no pisarlas. Era hermoso. Yo estaba tranquila y me sentía muy bien –dice Haydeé.

Todos continúan su caminata. En ese momento pasan unos peregrinos con bicicletas y una música tan alta que se puede escuchar a través de los audífonos. Ellos dicen "Buen camino" y continúan a alta velocidad.

-Pues mi bosque era de pinos, estaba todo lleno de una alfombra natural de agujas de los pinos. Era muy suave la sensación al caminar. No había ningún sendero pero sí suficiente distancia entre los troncos. Yo iba caminando a paso bien rápido, casi que trotando y llevaba ropa de hacer deportes. Me sentía bien –dice Hernán.
-¿Había buena luz o estaba oscuro? -pregunta Philippe
-Un poco en penumbra, no sé si era porque estaba nublado o porque había muchas copas de árboles.
-¿Cómo era la llave que encontraste, Jenna? –pregunta Philippe.
-Era mayor y no estaba limpia, muy, muy mayor.
-Quieres decir... ¿grande o vieja? -pregunta Philippe.

Personal Glossary: (Place a number by the word and the reference here)

....

-Ah, sí, perdón... vieja y tan grande como mi mano. Yo la tomé para llevármela pero cuando la puse en mi bolsillo era tan pesada que al final la dejé donde estaba -dice Jenna.

-La llave era pequeña, de tamaño normal, común y corriente, plateada, estaba limpia; yo la vi y la deje allí por si acaso venía a buscarla la persona que la perdió – dice Haydeé.

-Mi llave era menos grande que la de Jenna, más grande que las llaves comunes. Tenía un resplandor especial, era como si fuese a abrir un tesoro muy especial. Yo la tomé, la limpié y me la guardé en un bolsillo -añade Hernán.

-¿Qué tal el riachuelo y qué hicieron? -pregunta Philippe.

Jenna comienza:

-El riachuelo era muy lindo y bien grande, el agua tenía mucha fuerza, no sé por qué pero yo sentía que debía cruzarlo para estar del otro lado. No toqué el agua porque pensé que si el agua estaba rica, iba a querer bañarme y yo tenía que seguir el camino.

Philippe mira a Haydeé, es su turno:

-Era un riachuelo pequeño, muy bonito. Tenía un pozo suficientemente grande como para meterse, toqué el agua y la temperatura era agradable. Me senté en una roca un rato para ver el río y disfrutar del sonido del agua pero no me metí.

-¿Y tú, Hernán?

-Pues, como venía trotando y estaba sudando, en lo que vi el riachuelo decidí meterme. El agua estaba deliciosa, me reconfortó mucho -responde él.

Han ido atravesando una meseta cuyo trayecto se hubiera hecho un poco pesado de no ser por lo entretenido de la conversación.

-Muy bien, y finalmente ahora, díganme cómo era la pared que encontraron y qué fue lo que sintieron e hicieron al ver la pared -añade Philippe.

Personal Glossary: (Place a number by the word and the reference here)

-Era una pared muy alta, yo no podía ver el otro lado, no me gustó ver una pared en la mitad del bosque bloqueando mi camino. Miré hacia los lados para encontrar un paso, pero la pared no terminaba. En algunos sitios el muro era más alto que en otros. Me quedé allí sin saber qué hacer, esperando -dice Jenna.

-¿Esperando qué? -pregunta Philippe.

-No lo sé -responde Jenna.

Hay un silencio momentáneo, al ver que Jenna no tiene nada más que decir, continúa Haydeé:

-El muro que yo encontré hizo que me sintiera desconcertada, pensé ¿qué tiene que hacer un muro en la mitad del bosque? Entonces contemplé la idea de que hubiera una casa del otro lado y que era propiedad privada. El muro era altísimo, no había forma de saltarlo. Caminé bordeándolo por un buen rato hasta que finalmente encontré un acceso y al pasar al otro lado vi que el bosque seguía igual, no había ninguna casa, eso es todo.

Los tres ven a Hernán, quien comienza su relato:

-Tan pronto nos dijiste que viéramos una pared, lo que yo visualicé fue un muro bajo, no más alto que yo, podía ver perfectamente el otro lado y lo pasé de un salto. Era de rocas, tenía musgo, parecía una barrera para el ganado. Del otro lado, el bosque estaba más despejado que antes, no había tanta penumbra.

-¿Cuánto faltará para llegar al hospedaje?- pregunta Philippe y se queda un rato en silencio pensando en todas las respuestas.

Se detienen un momento, Hernán saca su guía del camino y mira el mapa, ve su reloj y dice:

-Tenemos como otra hora.

Todos sacan sus botellas de agua y toman un poco. Haydeé chequea su teléfono.

-Bueno, ¿quieren saber lo que significa cada cosa que encontraron en el ejercicio ahora o al llegar?

-Ahora -contestan todos.

Personal Glossary: (Place a number by the word and the reference here)

-De acuerdo... El bosque significa la vida, el cómo te sientes revela tu percepción de la vida, el hecho de que haya luz, esté oscuro, etc... te brinda la oportunidad de analizar cómo ves la vida. Ninguno de ustedes dijo que sentía miedo, o que no sabía que hacía en el bosque, los tres se sentían bien y estaban caminando. Cada uno ahora puede hacer su interpretación. Por ejemplo, Hernán dijo que su bosque estaba en la penumbra, así que hay muchas cosas en su vida en estos momentos que no están claras para él. Cosas fundamentales, ¿está haciendo lo que quiere?, ¿sus estudios?, ¿su inspiración, su motivación?, ¿qué quiere lograr? –dice Philippe.

Hay un silencio, todos están pensativos. Philippe continúa:

-Y siguiendo con el caso de Hernán, no es que tiene problemas o le encanta ver problemas en todo, al contrario, ya lo verán después, pero esto del bosque es sobre la vida misma -dice Philippe.

Y directamente hablándole a Hernán, continúa:

-¿Qué hago aquí? ¿Qué debo hacer? ¿Qué es lo más importante? Es que pareciera que no tienes claro tu propósito -le dice Philippe a Hernán.

Hernán sonríe y comenta:

-De acuerdo, es verdad, puede ser que haya algo de cierto en esto.

Philippe continúa diciendo:

-No es que voy a decirles a cada uno la interpretación, ustedes van a saber cómo interpretarlo una vez que les diga el simbolismo y les dé una idea general.

Todos asienten, Philippe continúa:

-La llave simboliza los valores y enseñanzas aprendidos en el hogar. Si para ti la familia y lo aprendido en el hogar es muy importante, tú te llevaste la llave contigo. Si no, la dejaste. También tienen que ver los detalles, si es grande, pequeña, si brilla, si está sucia, etc.

Guardan silencio por un rato, cada uno en su mundo.

Personal Glossary: (Place a number by the word and the reference here)

....

....

Jenna piensa en que ella quiso llevarse la llave, la agarró, la guardó en el bolsillo y la sacó para dejarla. Allí hay una mezcla de interpretaciones. Su llave era la más grande de todas, sin embargo ella la dejó.

Hernán saca unas galletas de su mochila e invita a sus amigos. Cada uno toma una.

Finalmente, Jenna dice:

-Yo agarré la llave, era enorme, una llave del tamaño de mi mano, la guardé, pero como estaba pesada, la dejé.

Haydeé interviene:

-Puede representar lo que tú valorabas de tu familia y la influencia familiar en tu formación, pero como ahora tu papá ya no está más, y tu mamá vive con otro, pues ya no lo valoras tanto.

-Es cierto, a veces me dije a mí misma que mi papá nos engañó porque él nos dejó -dice Jenna.

-Pero la muerte no es un acto voluntario, él no las abandonó -añade Haydeé.

-No sabía que habías perdido a tu padre – dice Hernán.

-Sí, cuando tenía 10 años - dice Jenna.

-Lo siento -añade él.

-El hecho de que la llave sea grande y hayas querido llevártela puede interpretarse como que la fundación de lo que aprendiste está contigo y tiene valor en tu vida. El hecho de que por su peso la dejes al final, no quiere decir que no te importe –dice Philippe.

-Sí, esto es impresionante. Me pone a pensar –contesta Jenna.

-¿Qué significa el riachuelo? -pregunta Hernán.

-La relación de pareja, la importancia que le das en tu vida, pueden literalmente ver lo que dijeron y ver cómo lo aplican… -dice Philippe.

-La verdad es que en mi caso hay mucha similitud -dice Haydeé luego de una breve pausa.

Personal Glossary: (Place a number by the word and the reference here)

-Bueno, ya casi que me da miedo preguntar qué significa la pared, nos estás desnudando —comenta Hernán.

-La pared simboliza los problemas, cómo reaccionamos ante ellos, cómo los resolvemos y cómo nos sentimos en la adversidad. Es interesante, porque en este ejercicio, cuando analizas tus respuestas, puedes interpretarlo literalmente y casi que tú mismo puedes ver claramente en qué necesitas trabajar.

-¿O sea que yo no soy nada confidente a la hora de un problema? —pregunta Jenna.

-Confidente en español es para referirse a una persona de confianza, en español dices él es seguro de sí mismo, ella es muy segura de sí misma… -dice Haydeé.

-Jenna, no lo sé, tú no pareces ser una persona insegura, eso es algo que tú debes ver, analiza cómo reaccionas cuando aparecen problemas inesperados -dice Philippe.

-No sé cuál será la validez de este instrumento para análisis de personalidad, pero conmigo, has dado en el clavo en muchas de las cosas -dice Haydeé.

-Sí, me has puesto a pensar -dice Hernán.

-A mí también -añade Jenna.

Entre risas, Hernán añade:

- Vamos, Philippe, que si la cosa se te pone fea con las finanzas, abres un puesto aquí en el camino y ofreces hacerle a la gente análisis de personalidad para ponerlos en sintonía con su yo mientras hacen el camino, te aseguro que financias todos los gastos de este viaje.

Todos ríen al escuchar el chiste de Hernán.

-Sin burla, la verdad que podrías hacerlo —dice Haydeé.

Luego caminan un rato en silencio, van ensimismados en sus pensamientos. Llegan a Villar de Mazarife,   un caserío bien pequeño, hay un albergue a la entrada. Ellos se paran, Hernán saca su mapa, Haydeé revisa su teléfono.

-Mi abuela dice que ellos están en un albergue que tiene un Arca de Noé en el patio, está más adelante al lado izquierdo y está genial -dice Haydeé.

Personal Glossary: (Place a number by the word and the reference here)

_____   _____   _____   _____

_____   _____   _____   _____

_____   _____   _____   _____

Capítulo XXVIII

http://chirb.it/102PGt

Chapter 28

El albergue tiene un patio con un jardín bastante grande y en este se encuentra una pequeña réplica del Arca de Noé, tal cual lo dijo Mariluz. Tiene un pasillo a todo lo largo con un par de hamacas. En la casa, las paredes están llenas de pinturas y escritos metafísicos.

El hospitalero los saluda:

-Bienvenidos, pasad adelante. Aquí está el libro del registro.

Escriben sus nombres en el libro, colocan su pago en una caja y ellos mismos se sellan sus credenciales.

-Tenéis una cocina a vuestra disposición. Hay un mercadillo cerca donde podéis comprar lo que necesitéis. También hay un restaurante con menús... Una pregunta, ¿vosotros sois los que andan con la señora Mariluz?

-Sí -contesta Haydeé.

-Ah, pues ella me ha encomendado que os diga que la comida de hoy la vais a preparar todos aquí, se ha ido a hacer las compras. Las duchas y baños los tenéis arriba donde está vuestra habitación, es la número siete. Dejadme saber cualquier cosa que necesitéis.

Los chicos agradecen al hospitalero y suben a su habitación. Es un cuarto amplio, colorido, con una gran ventana y dos literas.

Haydeé y Jenna son las primeras en ir al baño y usar las duchas. Hernán se recuesta en una de las hamacas del patio y se queda dormido. Philippe explora el Arca de Noé y recorre la posada leyendo algunos de los mensajes, dichos y reflexiones escritas en las paredes por peregrinos. Hay creyones disponibles para los que quieran contribuir algo.

Llegan Mariluz y el profesor con unas bolsas de comida. Van a la cocina y colocan todo en la nevera. Mariluz y el profesor se sirven un té y se sientan en una mesa junto a la cocina. En eso entra Philippe.

-¿Qué tal el recorrido? -pregunta el profesor.

-Muy bien, el paisaje muy monótono, pero vinimos muy entretenidos conversando -dice Philippe.

En eso entra Haydeé.

-Sí, muy entretenidos porque este futuro psicólogo nos hizo un test y análisis de personalidad de lo más interesante. Nos ha dejado a todos sorprendidos.

-Vaya, que bien, la verdad que a nosotros también se nos hizo pesado y de no ser porque nos hemos contado nuestras vidas, se hubiera hecho interminable -dice Mariluz.

-¿Qué vamos a cocinar? -pregunta Haydeé.

-Hemos traído espaguetis, tomates, lechuga, chuletas de res, cebollas, zanahorias, queso, fruta, a ver quién quiere preparar qué y hacemos un menú entre todos. ¿Cuántos son ustedes? -pregunta el profesor.

-Solo cuatro, Christophe y Elena se fueron por la otra ruta hacia Órbigo.

-Yo todavía tengo que ducharme y Hernán también, está dormido afuera -dice Philippe.

Hernán entra con Jenna a la cocina.

-Estaba dormido hasta que este ángel se ocupó de venir a despertarme -dice entre risas Hernán.

-¿Qué les parece si todos comenzamos y dejamos que Philippe y Hernán se ocupen de la ensalada? -dice Mariluz.

-Mis habilidades culinarias no son nada sorprendentes, con una ensalada no habrá riesgos - dice Hernán.

-Y yo preparo el aderezo para la ensalada, tengo una receta deliciosa -dice Philippe.

-¿Quién quiere preparar las costillas de res? –pregunta Mariluz.

-Yo puedo hacer la salsa de espaguetis con alguien más - dice Jenna.

-Conmigo, nosotras nos encargamos de la pasta -añade Haydeé.

-Pues tú y yo de la carne, ¿te parece? Tú la preparas y yo me la como, trabajo de equipo, ¿qué tal? -le dice el profesor a Mariluz.

-¿Qué tal si nominamos al profesor para que sea el que limpia los platos después? -contesta Mariluz riéndose.

Todos están de acuerdo.

El profesor hace un inventario de lo que tienen en la cocina y dentro de la nevera.

-Lo básico lo tenemos aquí; sal, pimienta, aceite, ¿qué más vamos a necesitar? Tengo que regresar al mercado a buscar pan -dice el profesor.

Philippe dice:

-Si es posible, voy a necesitar aceite de oliva, un huevo bien fresco, aceitunas, ajo y cebollas.

-Muy bien, me voy de compras –responde el profesor.

Philippe y Hernán van a ducharse. El profesor se va a la tienda y Mariluz se queda con Haydeé y Jenna en la cocina. Ellas comienzan la preparación de la comida.

-Me contó Philippe que venían de lo más entretenidos haciendo un test de análisis psicológico –comenta Mariluz.

-De lo más interesante, en verdad que en mi caso dio en el clavo en muchas cosas -dice Haydeé.

-Sí, yo estoy todavía pensando en eso. Me ha dejado en estado de reflexión totalmente. Sobre la llave, algo que no les dije fue que después que decidí sacármela del bolsillo y dejarla, seguí caminando y pensando en volverme a buscarla. Me sentía mal de no haberla llevado conmigo -añade Jenna.

Mientras conversan, ellas pelan unas cebollas y zanahorias, cortándolas en cuadritos.

-Fíjate que tu llave era muy grande, la mía era pequeña, de tamaño normal, quizás yo llevo conmigo las enseñanzas pero no las veo como algo tan importante en mi vida –responde Haydeé.

-¿Y qué tal tu interpretación de la pared? -pregunta Jenna.

-Pues, es cierto, porque muchas veces los problemas me ciegan, no soy capaz de ver más allá, pero trato de buscar una alternativa, me enfoco más en una alternativa que en encarar el problema. Yo hubiera podido buscar algo para subir el muro y pasar al otro lado, pero directamente acepté que la pared estaba allí y busqué una alternativa. A veces esto me ayuda, otras no, - responde Haydeé.

Mariluz interviene preguntando:

-Esto es un ejercicio en el que estás en un bosque, encuentras una llave, un río, un muro...¿no?

-Sí – contestan ellas.

-¡Dios mío! yo lo hice hace un montón de años, como treinta y pico de años por lo menos. Me había olvidado, sí, es bien interesante. ¿Qué hiciste frente al muro? - pregunta Mariluz.

-Yo caminé a lo largo de la pared hasta encontrar un portón, era como una puerta de arco, pasé al otro lado.

-Yo me senté, y no hice nada, ¡terrible! – contesta Jenna.

-Pero, ¿cómo te sentiste? -pregunta Mariluz.

-Contrariada, molesta de encontrar una pared en la mitad de mi camino. No podía ver el otro lado y era imposible saltarla porque era muy alta, así que me senté a esperar... y en mi vida creo que a veces hago precisamente eso -contesta Jenna.

-Pero eso no es del todo malo, es peor cuando las personas actúan sin pensar -dice Mariluz.

-Recordé que en Pamplona cuando descubrí que me habían robado la cartera con mi pasaporte y dinero, después de ir a la policía, me quedé sin saber qué hacer. No quise contárselo a mi mamá pero no pensé que haría si no encontraba mi pasaporte -dice Jenna.

-De acuerdo, pero al final tu pasaporte apareció, parte de tu dinero también y todo se resolvió - añade Haydeé.

-Sí, no sé, puede ser que tengas razón, pero me molesta no ser más decidida a la hora de buscarle soluciones a un problema –concluye Jenna.

Jenna y Haydeé comienzan a pelar y cortar tomates. Mariluz limpia y corta unos pimientos rojos.

-¿Y qué tal la parte del sexo? –les pregunta Mariluz.

-¿El sexo? -pregunta Jenna.

-No tuvimos esa parte -dice Haydeé.

-¿No vieron el río? –dice Mariluz.

-Sí –contestan ambas.

-Pues eso tiene que ver con el sexo -indica Mariluz.

-Él nos dijo que era las relaciones de pareja –dice Haydeé.

-Bueno mejor así, no me hubiera gustado si hubiera dicho sexo cuando lo analizamos -añade Haydeé.

-A mí tampoco -dice Jenna.

Hay un momento de silencio.

-Ahora tiene más sentido en mi caso... yo pasé de largo y sentía que no tenía tiempo porque debía seguir mi camino. En bachillerato era una de las pocas chicas que era virgen. Y todavía lo soy. No he tenido relaciones sexuales, pero sí he tenido novio -dice Jenna.

-¡Trágame tierra! Estoy delante de mi abuela -dice Haydeé

-Estos temas son importantes de hablar, conmigo siempre has tenido confianza, ¿por qué no ahora? -pregunta Mariluz.

-Tuve relaciones con mi novio una vez que me mudé al DF, estuvo bien pero me di cuenta que no era lo que había soñado. Creo que lo hice porque pensé que si no lo hacía, él me dejaría, pero yo todavía no estaba lista -dice Haydeé.

-¿Sigues con él? - pregunta Jenna.

-Es una relación que parece una montaña rusa, a veces todo está arriba, muy bien, y a veces en picada, tocando piso. No sé, ahí vamos -contesta Haydeé.

-Yo me quedé muy afectada por el caso de mi prima, ella tiene la misma edad que yo, estudiábamos juntas en Ocala. Ella quedó embarazada en el penúltimo año de bachillerato y no lo terminó. Siempre se burlaba de mí porque yo no quería nada con sexo. Al final, llorando desesperadamente me dijo que había metido la pata hasta lo más profundo. El muchacho se fue de Ocala, no quiso saber nada, ella tuvo complicaciones serias en el embarazo, ahora tiene que trabajar para mantener a su bebé y el hecho de sacar una carrera ha quedado de lado –termina de contar Jenna.

Personal Glossary: (Place a number by the word and the reference here)

_____ _____ _____ _____

_____ _____ _____ _____

-Lo más importante es que hay que estar seguro de las decisiones que uno toma, no dejarse llevar por las presiones que otros pongan sobre ti. Si lo permites, el sexo puede acaparar toda tu atención y distraerte. Por ejemplo, ahora estamos haciendo el camino, y tanto tú como yo estamos dándole cabida a una relación. Mi recomendación es que evalúes muy bien qué es lo que quieres lograr, para qué y por qué viniste... Si te metes de lleno en la relación vas a llegar a Santiago y no te habrás dado el tiempo de oler las flores a lo largo del camino, pasarás por muchos sitios sin ver ni aprender nada de lo que buscas. Es lindo que tengas un romance pero piénsalo muy bien antes de dar otro paso -dice Mariluz.

-¿Y tú, qué me dices? ¿Qué pasa con el profesor? -pregunta Haydeé

-Pues, me parece que tuve que venir hasta aquí a este camino para conocerlo. En mi caso es diferente, yo estoy consciente del camino y de esta experiencia porque no es la primera vez que me enamoro.

-¿Que te enamoras? ¿Ya lo estás? -pregunta su nieta.

-¿Y cómo crees que me acostaría con él si así no fuera? Estoy muy mayor para andar buscando aventuras temporales. Sí, la verdad es que sí estoy enamorada, y tú muy bien sabes los años que me ha costado llegar a esto -añade Mariluz.

Haydeé abraza a su abuela.

-Me encanta ver la confianza que tienen ustedes entre sí para hablar de estos temas -dice Jenna.

-¿Y tú los has tratado con tu madre? -pregunta Haydeé.

-No -dice Jenna.

En eso entran Hernán y Philippe.

-Yo pensaba que ya tendrían la pasta lista, y apenas veo que están pelando los tomates -dice Philippe.

-Sí, los estábamos esperando para que nos echen una mano, eso de preparar la ensalada es muy fácil -dice Haydeé.

-No saben el proceso de mi aderezo para la ensalada, pienso hacer mayonesa casera -se defiende Philippe.

-¡Mmmh! ¡Qué rico! -dice Mariluz.

-Pero necesito un huevo fresco -dice Philippe.

En eso entra el profesor con una bolsa con las compras. De una bolsita de papel saca dos huevos y se los da a Philippe.

-Tuve que recorrer todo el pueblo buscando huevos, estos son tan frescos que los puso la gallina esta mañana -comenta el profesor.

Philippe agarra uno, lo rompe y lo pone en un plato, el color de la yema es de un amarillo fuerte intenso.

-Tre fantastique! -dice él- hablando francés.

-¿Vas a hacer un alioli? -pregunta Hernán.

-Exactamente -contesta Philippe.

-Creo que nos hace falta una musiquita de fondo, ¿no? -pregunta Hernán.

Hernán busca su iPod y lo conecta a un equipo que hay en la sala.

-Aquí hay unas cuantas baladas de música española, y del camino, al llegar a Galicia vais a escuchar música celta, a mi me encanta, tengo varias piezas aquí.

Todos se dedican a la tarea de cocinar. Entra el hospitalero a la cocina y les dice:

-Pues parece que vosotros sois los únicos esta noche, ya a estas alturas por lo general no llega nadie más. Tenéis todo a vuestra disposición.

-¿Le gustaría acompañarnos? Vamos a tener suficiente -dice el profesor.

-Pues con todo gusto -responde el hospitalero.

Esa noche comparten una comida deliciosa, lo mejor de todo es que fue preparada por todos. La mayonesa casera, o alioli como la llaman en España, le quedo buenísima a Philippe, así como la pasta a las chicas y las chuletas a Mariluz.

El hospitalero saca una tarta de Santiago de postre, y a todos les gusta mucho.

Al final el profesor con la ayuda de Hernán y del hospitalero recogen la cocina y limpian todo.

Jenna se va a buscar su tableta y le escribe un mensaje a su mamá:

 *You are not going to believe it, I have a phone. It is a simple one, I can't call you but I can receive calls. Mariluz, Haydeé's grandma gave me one to use during the trip, mainly for keeping in touch among the three of us. This is becoming the best experience of my life in so many ways, and I am with a great group of people, they have become like my family of el camino. When you call me, remember that you are six hours behind.*

Jenna le envía el mensaje a su mamá y luego ella saca su diario y escribe:

martes 25 de junio, 2013

¡Qué día! Ha sido impresionante, tengo tantas ideas y emociones mezcladas que no sé ni cómo comenzar. Hoy aprendí que creo puedo llamarte mi confidente, tú eres mi diario. Me gusta mucho Hernán, ¿será que estoy enamorada? Solo sé que me siento bien con él.

Hoy, lo más increíble fue el test que nos hizo Philippe. La verdad es que me dejó pensando mucho, y seguro que voy a seguir pensando en mi interpretación.

Inmediatamente suena el teléfono que Jenna tiene en su mochila, ella lo responde:

-*Mom!...yes, I just had dinner….. this is awesome… I love it! Yes….*

Jenna habla con su madre por un largo rato, al terminar pone su tableta de lado y se recuesta por lo que ella piensa serán diez minutos. Sin embargo, después de casi no haber dormido la noche anterior, se queda profundamente dormida.

Capítulo IXXX

http://chirb.it/Cs0yCd

Chapter 29

*J*enna abre los ojos y encuentra una hermosa flor en su almohada.

-Buenos días, princesa –dice Hernán- mientras se arrodilla junto a la cama de Jenna y le planta un beso en la mano como si fuera una reina.

-¡Buenos días! -contesta ella.

-Anoche caíste como un plomo, te buscamos para ver si querías tocar la armónica por un rato y te encontramos profundamente dormida –dice Haydeé.

Jenna sonríe.

-He dormido súper bien, y mira qué despertar tan maravilloso -dice sonriéndole a Hernán.

Ella se levanta y todos se preparan para salir. Es un día lluvioso así que después de que todos se alistan y toman un café y un trozo de la deliciosa tarta de Santiago, salen rumbo a Órbigo.

El profesor pregunta:

-Hasta dónde hoy?

-Sería regio llegar a Astorga, ¿no? -dice Haydeé.

-¡Adelante!, son muchos kilómetros -dice Hernán.

Caminan a paso rápido, y el paisaje no varía mucho hasta que llegan al magnífico puente de Órbigo donde ellos se toman fotos.

Pasan por el albergue municipal. No encuentran a Elena ni a Christophe. Siguen su camino.

Jenna se acerca a Hernán y camina a su lado en silencio, finalmente pregunta:

-¿Te encontrabas bien anteayer? Parecías muy preocupado en León.

-¿Te diste cuenta? Sí, no lo pude disimular -contesta él.

Jenna lo mira en silencio.

-Resulta que el parador antes de ser hotel como mencioné, fue una prisión. Durante la guerra civil española, cuando Franco, mi bisabuelo estuvo preso allí, y ahí murió. Mi abuelo me habló de él cuando yo era niño. Es extraño ver que un sitio que albergó tanto sufrimiento y fue una pesadilla para muchos puede ser hoy en día un sitio tan especial donde la gente sueña con pasar una noche inolvidable y descansar, es como un absurdo.

Mariluz y el profesor van justo detrás de ellos. El profesor interviene:

-Nadie me ha pedido mi opinión, pero si me permiten, si lo piensan, todos los sitios han visto pasar personas con todo tipo de experiencias....

Personal Glossary: (Place a number by the word and the reference here)

--- --- --- ---

Se detiene súbitamente y añade:

-Este mismo sitio ha visto pasar guerreros, soñadores, religiosos, criminales. Hay personas para las que el camino ha sido la experiencia más sublime de sus vidas, hay otras que han muerto haciéndolo....

Mariluz se acerca a un arbusto que está al lado de la vereda, ella acaricia y huele sus hermosas flores amarillas. Entonces dice:

-Yo aprecio este arbusto pero no lo puedo asociar con lo bueno o malo que ha pasado aquí en este mismo sitio donde estamos parados aquí y ahora... El arbusto es independiente, sencillamente es y está... Pero tienes razón Hernán, depende de cómo lo veas, el mundo está lleno de absurdos.

-Sí, lo veo, depende de dónde quiera poner mi atención - contesta Hernán.

-Exactamente –dice el profesor.

Ellos siguen caminando bajo un sol inclemente.

-¿Qué quemaste en la hoguera en León? –le pregunta Hernán a Jenna.

-La falta de confianza que a veces tengo en mí misma, es interesante porque ayer volví a pensar en eso en el test que nos hizo Philippe. Ahora sé que es algo que debo resolver sin lugar a dudas, ¿y tú? -pregunta Jenna.

Personal Glossary: (Place a number by the word and the reference here)

....

-La falta de organización que tengo en mi vida, nunca uso horarios, mi cuarto es un desastre, tengo mucho desorden, le dedico mucho tiempo a los amigos y a las salidas... ¿Llevas una piedra para la Cruz de Ferro? –pregunta Hernán.

-Sí, la llevo, porque lo que necesito urgentemente eliminar es la dependencia que tengo con el teléfono - responde Jenna.

-¿Cómo fue que perdiste a tu padre? - pregunta Hernán.

-Él fue a la guerra de Iraq y murió allí en un ataque. Soy hija única y yo adoraba a mi papá. De niña, me costó mucho entender la muerte, lo sentía como un abandono, como si por no importarle tanto, él nunca regresó. Y tu relación con tu papá, ¿cómo es? –pregunta Jenna.

-Fatal –contesta Hernán.

-¿O sea que lo de la llave ayer no representa bien tu caso? -pregunta Jenna.

-Oh, no, sí, sí lo representa bien, mi familia es muy importante, la mayor influencia en mi vida ha sido la de mi abuelo paterno y la de mi madre. No hablemos de mi padre, su recuerdo me amarga la existencia –contesta Hernán.

Más adelante, Philippe se detiene, saca su botella de agua, toma un trago y comenta:

-Me pregunto por dónde andarán Christophe y Elena. He extrañado sus continuas discusiones.

Todos sonríen y continúan su trayecto por el camino que eligieron para evitar caminar junto a la carretera nacional.

Luego de pasar por varios pequeños poblados, llegan a Santibáñez de Valdeiglesias. Allí almuerzan.

Philippe consulta su libro del camino y dice:

-Nos faltan como unos 8 o 9 kms para llegar a Astorga, ¿verdad?

-Creo que sí -dice Hernán.

Mariluz, sonriéndole al profesor, le pregunta:

-¿Te sientes con ánimo para llegar?

-Escucho el llamado de Astorga, allá vamos –contesta él, devolviéndole una encantadora sonrisa.

Ellos terminan su almuerzo, se levantan y se ponen sus mochilas para seguir caminando.

-¿Y qué hay que ver en Astorga? –pregunta Jenna.

-Hay un edificio de Gaudí muy importante –dice Hernán.

-El Palacio Episcopal, es divino -dice el profesor.

-Haydeé, ponte protector por favor, el sol hoy no perdona –le dice Mariluz a Haydeé.

Ella sonríe y mientras va caminando, se pone un poco de protector solar en la cara.

A los pocos minutos Hernán añade:

-El año pasado me quedé en un albergue en un caserío después de Astorga que me encantó, un sitio pequeñito, con muy buen ambiente, ¿se atreverían a seguir?

-No sé, ahí lo vemos –dice Mariluz.

Todos siguen caminando por unas dos horas y media, van ensimismados, hasta que llegan a Astorga. Paran en el albergue municipal y no hay cupo. Ellos siguen y pasan por la Plaza Mayor, una hermosa plaza, diferente a las que han visto hasta ahora.

Se detienen y Hernán busca su guía y dice:

-Dejadme buscar en la guía a ver qué otros albergues recomiendan.... ah, sí, más adelante hay uno de unos alemanes que está bastante bien.

Jenna observa la plaza y le gusta mucho, saca su cámara y toma varias fotos. Ellos siguen caminando y de pronto ven el imponente Palacio de Gaudí; Jenna inmediatamente lo fotografía admirando su arquitectura.

Ella quiere una foto de todos y le pide a un señor que pasa si puede tomarles una foto. Todos se colocan en grupo, el hombre comenta:

-Poneros más juntos, vosotras dos que estáis atrás, poneros delante en cuclillas –dice el hombre.

Haydeé toma a Jenna por el brazo y las dos caminan al frente del grupo donde se agachan. El hombre dice:

-¡De la hostia!

Él le entrega la cámara a Jenna. Hernán se acerca y le pregunta:

-Oiga, el albergue de los alemanes, ¿está lejos de aquí?

-Ay, yo de eso nada, pregúntale a ese tío que está allí, ¡buen camino! -contesta el hombre.

El hombre se va, Jenna mira al grupo y dice:

-En casos así, me doy cuenta que me falta un largo camino, ¡no entendí lo que el hombre dijo! ¿Qué es aneros? y clu-cu-qui-yas..? ¿Qué fue eso? Y luego llamó tío a ese muchacho joven...¿qué pasó?

Todos estallan en carcajadas.

-Poneros, es el mandato informal de pónganse para nosotros, recuerda que en España se usa el vosotros, en América usamos el nosotros formal e informalmente. Así que vosotros poneros y ustedes pónganse – le explica el profesor a Jenna.

-Qué bien, yo no lo hubiera podido explicar así de claro, es más no sé ni cómo decirlo –dice Haydeé.

-Mi profesor de español siempre dice que cuando tengamos dudas de cómo se dice algo en español y le preguntemos a un nativo hablante, puede ser que te respondan "se dice así porque sí", siempre lo he dicho así, pero no son capaces de explicarlo y a veces puede ser más confuso para el estudiante. ¿Y qué fue eso "de la hostia"? -pregunta Philippe.

-¡Buenísimo! ¡qué guay! -dice Hernán.

-¡Que chido! en México -dice Haydeé.

-Claro que con la palabra hostia podríamos pasar rato hablando de todos los usos: ser la hostia, ¡hostia!, dar una hostia, ir de hostias, pero más adelante, porque tenemos que resolver esto del albergue –añade el profesor.

El grupo sigue caminando por la calle principal, llegan al albergue y entran. Solo les quedan tres camas.

Hernán mira su reloj, son las quince horas. Él dice:

-¿Quién se atreve a seguir por otra hora? Podríamos buscar otro sitio aquí, pero hay un albergue muy bueno como a una hora de aquí, el sitio que les mencioné antes.

-¿Y qué pasa si están llenos? -pregunta Jenna.

El hospitalero les ofrece llamar al albergue y preguntar. Como es privado, aceptan reservaciones. El chico llama y les dice que sí, que tienen ocho camas disponibles.

Ellos se miran entre sí.

-La verdad es que yo me siento cansado y prefiero quedarme, además quiero ver las murallas romanas y la catedral –dice el profesor.

-Yo también –añade Philippe.

Mariluz mira al profesor con dulzura y añade:

-Me voy con mi nieta, la he tenido medio abandonada últimamente. Te espero en la mañana en el albergue, tú eres buen madrugador y a mí siempre se me quedan pegadas las sábanas, ¿sale?

-Con todo el dolor de mi alma –contesta el profesor con una sonrisa.

Hernán le pide al hospitalero si puede reservar cuatro camas a su nombre. El hospitalero habla por teléfono y le responde a Hernán:

-No hay problema, te guardan las camas hasta las 17 horas, tienes dos horas para llegar, no vais a tener problema, toma una hora y pico llegar a Murias de Rechivaldo.
-Gracias – contesta Hernán.

Philippe y el profesor se despiden y se quedan en el albergue. Jenna, Haydeé, Mariluz y Hernán siguen su camino.

Astorga es una ciudad pequeña, ellos siguen caminando a paso rápido. Los pasa un grupo de peregrinos en bici.
-Con los dedos cruzados para que no nos quiten las camas –dice Mariluz.

Jenna ve a Mariluz, ella cruza los dedos mostrándoselos a Jenna.

-Ah, sí, crucemos los dedos – responde Jenna aliviada porque por un momento no entendió, pero el gesto le hizo recordar el significado.
-¿Entendiste el significado de ponerse en cuclillas? -le pregunta Haydeé a Jenna.
-Lo que hicimos, ¿no?, ¿agacharnos delante? –dice Jenna.
-Sentarse sobre los talones, en inglés es *"squating"* - dice Hernán.
-¿Qué es puntillas? –pregunta Jenna.
-Caminar de puntillas es en inglés *to tiptoe* –dice Hernán dando unos pasos de puntillas- Es muy bueno para fortalecer los músculos de las piernas y ayuda con el equilibrio.

-Andar de puntillas es muy bueno para no despertar a nadie si llegas de madrugada –dice riéndose Haydeé.
-¿Y de qué iba lo de la hostia? Yo tampoco estoy familiarizada con esa expresión, no es común en México – pregunta Haydeé.
-La hostia está hecha de pan, es plana, redonda, pequeña y es lo que dan en la iglesia católica que representa el cuerpo de Cristo. Pero todas las expresiones que usamos en España no tienen nada que ver con ese significado. Yo de niño no podía decirla enfrente de mis abuelos porque era una blasfemia usarla en otro contexto que no fuera el de su significado. A la hora de la verdad casi todo el mundo la usa hoy en día. Por ejemplo, decir ¡la hostia!, ¡está de hostia! es como ¡lo máximo!, ¡está buenísimo!, "dar una hostia" es dar un golpe, por ejemplo: ese tipo me dio una hostia, me dio un golpe, una torta, una bofetada -explica Hernán.
-¿Una torta? -pregunta Haydeé.
-Sí, torta que aparte de pastel significa golpe en ese contexto –dice Hernán.
-Y en México torta es pan... -añade Mariluz.
-Bueno, paremos porque vamos a enloquecer a Jenna – dice Mariluz.
-No, no, está bien –responde Jenna.
-Falta el ir de hostias, que yo tampoco sé que significa – dice Haydeé.

Hernán les explica con detalles:

-Pues a toda velocidad, casi que como nosotros ahora. No entiendo por qué hay tantos peregrinos, cada vez hay más y más. Dicen que durante los últimos 100 kilómetros en Galicia, hay mucha gente, ese fue el trayecto que no pude terminar el año pasado cuando me fracturé la pierna. Hay muchas personas que comienzan en León, no vimos a mucha gente en el trayecto porque fuimos por el camino alterno. Muchos deciden comenzar en Astorga, y los que no tienen mucho tiempo, lo hacen a partir de Sarria. Aquellos que caminan los últimos 100 km reciben la Compostela.

Y sin darse cuenta, mientras conversan, llegan en un santiamén a Murias de Rechivaldo. El caserío tiene una calle principal con un par de calles laterales, hay unas cuantas casas y al final de la calle está el albergue con un gran patio interior. Ellos entran, les indican donde están sus camas. Felices y aliviados, se duchan y se cambian para ir a comer algo.

Después de cenar, regresan al albergue y encuentran a un chico tocando la armónica en el patio. Los cuatro se sientan junto a él. En lo que el joven termina de tocar, Jenna le pregunta:

-¿No estabas en León tocando anteayer?

-Sí –contesta él.

-¿Qué melodía era la que tocabas? –pregunta Jenna.

-Se llama "Alma Llanera", es una pieza venezolana que sobretodo está hecha para un arpa y un cuatro, yo la toco con mi armónica porque es el instrumento que puedo llevar a cuestas en mi mochila. Esta pieza me toca el alma, me recuerda quién soy, expresa mi sentir, a veces necesito tocarla... -dice él.

El chico le da la mano a todos y se presenta:

-Me llamo Roberto.

-Yo no pensé que eras un peregrino cuando te vimos – dice Hernán.

-Nadie lo sospecha, creen que soy un pordiosero viviendo de limosnas –contesta Roberto.

-¿Eres de Venezuela? –pregunta Haydeé.

-Sí –contesta él.

-Siento mucho todo lo que está pasando tu país, es verdaderamente lamentable, ¿hace mucho que te fuiste? –pregunta Mariluz.

-No, hace solo un mes – responde Roberto.

Jenna va al cuarto donde tiene su mochila y regresa con su armónica. Roberto sonríe al ver que trae una armónica, y sin comentario alguno toca un solo al que Jenna contesta, y en unos segundos están tocando música *Blues*. Salen algunos peregrinos de las habitaciones para escucharlos y aplauden cuando terminan.

-Me gustaría aprender la que tocabas cuando llegamos – dice Jenna.

-Fíjate, y repite paso por paso –dice él.

Roberto toca unas cuantas notas, ella lo sigue. Philippe busca su iPod y se dirige a Roberto:

-¿Cómo es que se llama la pieza?, dijiste que necesitaba un arpa y un cuatro y voy a buscarla.

-Alma llanera, es una canción que se ha hecho famosa en muchos países, no todos saben que es originalmente de Venezuela –dice Mariluz.

-Cierto –dice Roberto.

Philippe sonríe y comienza a sonar en su iPod esta bella pieza musical. Roberto la toca en su armónica como todo un virtuoso entregado en cuerpo y alma. Jenna lo imita y luego de unos cuantos tropiezos sigue bien la melodía.

Hay aplausos nuevamente de algunos peregrinos que ya tienen como audiencia.

El hospitalero llega y dice:

-Con todo el dolor tengo que recordaros que ya es hora de silencio y tenemos a otros peregrinos durmiendo, lo siento mucho.

Todos se despiden y se preparan para ir a sus camas.

-Eres buena con la armónica -dice Roberto.

-¡Tú eres magnifico! ¡Ojalá podamos tocar juntos otra vez! -exclama Jenna.

-Capaz y nos encontramos en el próximo albergue - dice Roberto.

-Hasta mañana -contesta Jenna.

Todos se van a sus cuartos.

௸௸௸௸௸௸

Mariluz, Haydeé, Jenna y Hernán se disponen a entrar al cuarto.

Hernán dice entre risas:

-Recordéis, de puntillas, para no hacer ruido.

Jenna sonríe. Al entrar, se dan cuenta de que hay muchos roncando, ellos van con cuidado a buscar sus artículos de aseo y de ahí se van al baño. Mariluz y Haydeé terminan primero que Jenna y se van a acostar. En lo que Jenna termina de asearse y ponerse el pijama, ella sale del baño al corredor y ve que Hernán la está esperando. Él se acerca y comienza a besarle con cuidado el cuello, sigue besándola en las mejillas, la frente, la besa en la oreja y a ella le produce cosquillas, se ríe. Hernán la abraza fuertemente, ella siente todo su cuerpo, su corazón comienza a latir muy rápido. Hernán la besa en la boca. Ella siente su mano desplazándose por su cuerpo.

-¿Qué estás haciendo? -dice ella.

-Podemos hacerlo aquí, nos metemos en el baño y cerramos la puerta -le dice él mientras continúa besándola sin parar de tocarla.

150

Jenna se mueve bruscamente, se le cae la bolsa al piso con su ropa, cepillo de dientes, pasta de dientes, desodorante, jabón, linterna y todo rueda produciendo un estrepitoso sonido. En eso, ven una linterna de alguien que va hacia ellos a usar el baño. Jenna se agacha, busca su linterna y recoge todo. Hernán la ayuda. Ellos caminan a la habitación. Jenna se detiene en la entrada y le susurra a Hernán:

-Así, yo no lo quiero hacer.

Ella se va a su cama. Escucha cuando Hernán se acuesta. Jenna se queda despierta por un largo rato sin poder conciliar el sueño.

Capítulo XXX

http://chirb.it/ph19ny

Chapter 30

*E*stá oscuro, Jenna abre los ojos porque escucha ruidos de los cierres de unas mochilas. Mira alrededor y ve a dos personas con linternas saliendo muy temprano. Todos duermen. Ella decide levantarse. Sin hacer nada de ruido, toma su mochila y sus cosas y sale de la habitación. Afuera en el patio, ve a los dos peregrinos salir para iniciar su día, está oscuro así que salen con linternas de cabeza. Jenna va al baño, se viste y decide caminar sola.

Al salir, ve al hospitalero quien recién se está levantando para preparar el desayuno. Ella lo saluda y le pide le diga a sus compañeros que luego se verán en el camino.

Jenna sale también con su linterna de cabeza. Va por un sendero de tierra muy angosto que va en una línea recta que parece nunca terminar.

Pronto se ven los primeros rayos del sol. El cielo se tiñe de amarillos y finalmente se asoma el sol con todo su brillo para iluminar el nuevo día.

Jenna va absorta en sus pensamientos, hay demasiadas cosas que ella no ha tenido tiempo de digerir y prefiere caminar sola para ir madurando las ideas y los sentimientos. Decide enviarle un mensaje de texto a Haydeé y a Mariluz para decirles que se ven luego, pero se da cuenta de que olvidó el teléfono y lo dejó cargándose con el de ellas. No hay problema porque ellas se van a dar cuenta, así que no lo va a perder. ¡Qué ironía! Esto es un gran avance piensa ella. Nunca antes hubiera sido capaz de olvidarse el teléfono en casa. Y de hacerlo, se hubiese regresado inmediatamente a buscarlo. Pero no, así casi que es mejor, porque de verdad va a poder desligarse y encontrar a sus amigos más tarde.

¿Qué pensará Hernán? se pregunta ella. Por ahora lo importante no es lo que pensará él, sino cómo se está sintiendo ella... ¿será que ha llegado el momento? Ella siempre se dijo a sí misma que nunca se acostaría con alguien apenas comenzando una relación.

Lo extraño es que en este caso, a pesar del poco tiempo que conoce a Hernán, ella siente que lo conoce mejor de lo que conocía a su último novio de cuatro meses. Duermen en la misma habitación, comen juntos, pasan el día juntos, esto es de 24 horas al día. Por eso necesita un respiro para pensar.

Ella sigue caminando absorta en sus pensamientos. ¿Valdrá la pena que sea Hernán? La primera vez es para siempre, no puede elegirse a otro como la primera experiencia después. Y anoche si hubiera pasado, habrían tomado riesgos, ¿será que él tenía preservativos? La idea de que no fuese así la asusta enormemente. ¿Estará obsesionada con lo que le pasó a su prima?

Jenna escucha unas expresiones de asombro detrás de ella. Al voltear ve a dos chicas. Una de ellas le dice en alemán:

-*Sehen es nicht wahr?*

-*Você viu?* – le dice la chica en portugués.

-*What?* – pregunta desconcertada Jenna.

La chica alemana le dice:

-*Didn't you see it?*

La chica le muestra a Jenna una foto que tomó de un venado que cruzó el camino justo enfrente de Jenna. Ella se ve a sí misma de espaldas en la foto, el venado cruzó el camino muy cerca de ella.

-¡No lo vi! ¿Dónde? -pregunta en un lamento Jenna.

-*Lá atrás* –contesta la chica en portugués.

Jenna se detiene y mira hacia atrás en el camino. Las chicas se adelantan. Ella se queda mirando hacia los lados y finalmente sigue caminando.

Jenna se sienta en una roca al lado del camino, saca su diario y escribe:

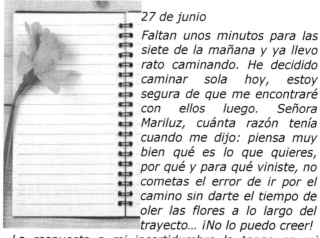

27 de junio

Faltan unos minutos para las siete de la mañana y ya llevo rato caminando. He decidido caminar sola hoy, estoy segura de que me encontraré con ellos luego. Señora Mariluz, cuánta razón tenía cuando me dijo: piensa muy bien qué es lo que quieres, por qué y para qué viniste, no cometas el error de ir por el camino sin darte el tiempo de oler las flores a lo largo del trayecto... ¡No lo puedo creer! La respuesta a mi incertidumbre la tengo en mis narices. ¿Cómo es posible que por andar tan absorta pensando en Hernán no haya visto al venado cruzarse en mi camino? Eso es una analogía de todo lo que representa.

Jenna cierra su diario, lo guarda en su mochila y sigue su camino.

A media mañana se nubla el cielo, no hay amenaza de lluvia, tampoco hace mucho calor, todo lo cual invita a caminar. Pasa por un poblado llamado El Ganso. Recuerda a la francesa Briggitte, ¿dónde estará? ¿Cómo le estará yendo en el camino?

Al mediodía llega a un pueblo llamado Rabanal. Le suena el nombre y cree recordar que este era uno de los posibles sitios para descansar hoy.

Personal Glossary: (Place a number by the word and the reference here)

_____   _____   _____   _____

_____   _____   _____   _____

Ella se para a comer un bocadillo y tomar un zumo de fruta. Mientras está sentada en una mesita en las afueras del restaurante, ve pasar a muchos peregrinos, algunos que reconoce y también a mucha gente nueva. Cada vez hay más gente, de verdad que hay de todas las edades y se escuchan muchos idiomas. Ella saca su tableta y le escribe un largo mensaje a su madre. Le explica que se olvidó el teléfono y que no lo tiene con ella, que es mejor que le escriba un correo.

Al terminar, Jenna considera que es muy temprano para quedarse en Rabanal, así que decide seguir.

Tiene una grata sorpresa cuando finalmente los alrededores comienzan a ofrecer paisajes más verdes, unas cuantas áreas boscosas y colinas. Durante la tarde, en su ascenso a Foncebadón se detiene varias veces para admirar la hermosa vista. Ella encuentra una fuente de agua en una zona donde hay una linda vista, encuentra un árbol que ofrece sombra y se dedica a observar por un rato a muchas cigüeñas que han hecho de este lugar su hogar. Saca su cámara y se divierte tomando fotos donde aparecen sus botas o su bastón y mochila enmarcando creativamente el paisaje.

Es cierto que le gusta la arquitectura, pero la música le apasiona también, así como la fotografía. Pasan varios peregrinos y después de un sinfín de "Buen camino" ella decide seguir para asegurarse una cama.

Personal Glossary: (Place a number by the word and the reference here)

....

Al poco rato llega a Foncebadón, una pequeña aldea en lo alto de un monte. En el albergue municipal no hay cupo. Es cómico ver el patio donde decenas de peregrinos están curándose ampollas los unos a los otros.

Jenna piensa que está agradecida de no haber tenido más problemas con ampollas ni dolores musculares. Ella encuentra sitio en un albergue privado donde va a dormir en el ático sobre una colchoneta en el piso de madera. Al subir y ver el espacio, queda maravillada con el diseño de la ventana triangular con vista a una pradera donde hay unos caballos pastando. En la pared hay una foto de Paulo Coelho decorando la estancia. Entonces se da cuenta de que se trata de una foto del escritor en este pueblo. Ella se baña, se cambia y sale a dar un paseo. Se acerca al sitio donde están los caballos. Pasa al otro lado de la cerca para acariciar a una yegua. Jenna siente pasión por los caballos, y la yegua debe haberlo percibido porque se dirige directamente hacia ella. Al rato, comienza a ocultarse el sol y comienza a refrescar considerablemente.

Jenna busca un suéter y nota que hay un restaurante al que muchas personas entran. Al llegar, ella se queda impresionada, todos visten con ropas de la época medieval. El lugar tiene un ambiente lindo y hay olores deliciosos. Lamentablemente, al ver el menú, ella se da cuenta de que los precios están fuera de su alcance. La especialidad de la casa es carne de venado. Esto le trae el recuerdo de lo sucedido en la mañana y le quita el apetito. Jenna toma una sopa de trucha.

Al salir, se queda sentada un rato en el porche del albergue, no ve a nadie conocido. Se pregunta dónde estarán todos. Esa noche ella se acuesta temprano, escucha música y recupera el sueño de las horas que perdió la noche anterior, ya que entre los ronquidos y el episodio con Hernán no pudo casi descansar.

Al despertar a la mañana siguiente, ya son las siete y aún hay unos cuantos levantándose. Jenna se prepara y al bajar, la sorprende un desayuno de yogur natural, pan casero y un delicioso café. Ella se sienta a desayunar. Unos peregrinos están hablando del gran día, hoy se llega a la Cruz de Ferro.

Jenna disfruta un delicioso desayuno, y se prepara para su camino. Es un día mágico, hay neblina, lo cual hace que todo tenga un romanticismo especial. Ella emprende su camino como muchos otros peregrinos. La temperatura sigue fresca, casi que hace frío, está nublado.

Es fascinante para caminar, esto es tan diferente al calor perpetuo de la Florida, Jenna se siente estupendamente bien y muy feliz. Ella saca su piedra de la mochila, la lleva en sus manos, va amasándola como tratando de impregnarla con los pensamientos de lo que piensa dejar atrás. Se dice a sí misma que con esa piedra ella se compromete a abandonar para siempre su inseguridad y falta de confianza, ya no va a seguir buscando refugio en el teléfono cuando está con otros, no va a evitar relaciones más personales y piensa dejar las superficialidades de estar enviando textos todo el día. Desea dejar atrás la distracción exagerada del teléfono. Piensa que se va a concentrar en terminar las cosas y va a dedicarle por lo menos una hora diaria al mejoramiento de sus conocimientos; a aprender sobre arquitectura, sobre música, sobre arte y fotografía, a leer para su superación personal. Esta va a ser su hora sagrada, aquella que nadie va a poder quitarle, va a ser su más preciada posesión, y el teléfono no va a estar presente en esa hora.

A medida que Jenna se acerca a la Cruz de Ferro se va sintiendo cada vez más orgullosa y feliz de su resolución. Se siente orgullosa de haber sido capaz de tomar esta decisión, le gusta y siente confianza en sí misma por el hecho de haber llegado sola hasta este punto.

Personal Glossary: (Place a number by the word and the reference here)

_____   _____   _____   _____

Al llegar, hay muchas personas esperando subir para que otros le puedan tomar una foto. Mientras ella admira el sitio, emocionada y casi que con lágrimas, escucha a lo lejos una armónica. Al acercarse a una construcción cercana, ve a varias personas vendiendo estampas de la Cruz de Ferro, otros están vendiendo café. Se encuentra a Roberto sentado en el piso sobre una manta con un recipiente para recibir limosnas mientras toca la armónica.

Ella va directo a saludarlo, él se levanta y le da un abrazo.

-¿Qué haces aquí? -le pregunta Jenna.

-De algo tengo que vivir, esta es mi forma de vida por ahora hasta que encuentre algo mejor, mientras tanto voy recorriendo España y un día de estos en cuanto sienta que he llegado a un lugar donde me gustaría quedarme, pues trataré de conseguir trabajo, alquilaré un sitio para vivir, ya veré -dice Roberto.

-¿Cuándo llegaste? -pregunta Jenna.

-Hoy muy temprano. Anoche llegué a Foncebadón y hoy hace ya como una hora que estoy aquí -contesta él.

-Yo también me quedé en Foncebadón –dice ella.

-El pueblo tiene muchas historias, hasta Shirley McLaine habló de Foncebadón en su libro del camino. Cuando yo pasé ayer creo que me dieron la última litera que tenían disponible en el tercer albergue que visité.

-¿Y hoy dejaste tu piedra en la Cruz? -le pregunta Jenna.

-Hubiera necesitado todo un camión para traer todas las piedras de lo que quiero dejar atrás, así que anoche escribí una lista de todo, hoy subí a la cruz y la dejé bajo unas piedras que estaban ahí.

-¿Podrías tomarme una foto? -pregunta Jenna.

-Claro, vamos –contesta él.

Jenna sube a la Cruz de Ferro, saca su piedra y en una pequeña ceremonia que ella misma se inventa, vuelve a decir su resolución en español y en inglés y con lágrimas de emoción deja su piedra al pie de la cruz. Roberto le toma múltiples fotos.

Ella saca su armónica de su mochila y le piden a una peregrina que les tome una foto a los dos tocando la armónica con la cruz detrás.

Después, Jenna y Roberto van de regreso a la construcción, él vuelve a ponerse sobre su manta y se prepara a tocar.

-¿Andas sola? ¿Qué pasó con tus amigos? -dice él.

-Ayer sentí deseos de estar y caminar sola, así que me fui muy temprano. Ahora me gustaría encontrarlos pero no sé dónde están -contesta Jenna.

-Creo haberlos visto ayer en Rabanal por la tarde, seguro que se quedaron allí -dice Roberto.

-Pues si durmieron en Rabanal, deberían estar llegando aquí como en dos horas, ¿no crees? Ya son las diez, y ya puede ser que lleven unas dos horas en el camino, ¿no? -pregunta Jenna.

Él se encoje de hombros.

-Oye, si los vas a esperar, te propongo que te quedes conmigo, tocamos juntos y compartimos lo que nos den – dice Roberto.

-La verdad es que me encanta la idea, disfruté mucho tocando contigo, y si encima nos dan dinero ¿qué mejor? -contesta ella.

Se sientan sobre la manta y comienzan a tocar. Al igual que en la primera ocasión, en poco rato tienen una audiencia y muchos dan contribuciones.

Jenna está disfrutando y pensando que si con esta experiencia no vence su inseguridad en sí misma, ya más nunca volverá a tener un chance así. Ella sonríe y se siente cada vez mejor. Jenna vuelve a intentar con Alma Llanera hasta que logra tocarla bien. Al cabo de tres horas, la caja de donaciones tiene cantidad de monedas y billetes.

Roberto cuenta lo reunido y tienen más de treinta euros, casi cuarenta. Le dice a Jenna:

-¿Quieres ser mi socia? ¡Nunca me había ido tan bien! ¿Quieres seguir esperando o seguimos el camino? Tengo hambre, ya es la una y pico –dice Roberto.

-Sí, sigamos –responde ella.

Roberto empaca su mochila y emprenden camino. Al poco rato llegan a un sitio que se llama Manjarín, afuera tiene una colección de flechas indicando la distancia a muchos sitios del mundo. Jenna piensa que este sitio merece una foto, así que entran y adentro toman un café y piden un sello para su credencial al igual que muchos otros peregrinos.

Personal Glossary: (Place a number by the word and the reference here)

_____   _____   _____   _____

_____   _____   _____   _____

Al salir, continúan caminando. Roberto le dice a Jenna:

-He escuchado que hay un pueblito bellísimo en una montaña que se llama El Acebo, es pequeño pero al no ser una de las etapas principales en las guías del camino, no suele ser difícil conseguir camas porque la mayoría quiere llegar a Molinaseca. Para llegar a El Acebo necesitamos unas dos o tres horas, para Molinaseca como cinco.

Caminan por unas colinas hermosas que ofrecen vistas extraordinarias de valles y montañas.

El clima sigue muy agradable, ellos van con buen ritmo y conversando animadamente.

-¿Te viniste solo aquí o tienes familia? –pregunta Jenna
-Completamente solo, sin conocer a nadie –responde Roberto
-¿Por qué España? -dice ella.

Roberto se queda callado un rato antes de responder:

-Mis abuelos maternos eran españoles, ya fallecieron. Desde que era niño, mi madre quería que yo viniese a estudiar a España. Cuando era joven vine de visita a España con mis padres, me pareció interesante pero nunca me planteé venirme a vivir acá. De vacaciones sí, perfecto... pero yo adoro a mi país, lamentablemente la situación en Venezuela está imposible. Pasé años tratando de enfocar mi atención en lo positivo de mi vida sin ver lo malo, me funcionó por un tiempo; hasta que me tocó vivir en carne propia la desgracia y el caos. Secuestraron a mi padre hace un año y medio, mi madre dio la recompensa que pedían; todo lo que teníamos y hasta dinero que nos dieron familiares y amigos. Nos quedamos sin nada, solo con la esperanza de que nos devolvieran a mi padre con vida. Y técnicamente lo hicieron; estaba con el último aliento después de recibir dos disparos que acabaron con su vida siete horas después. Mi madre cayó en una depresión crónica. Lo único que teníamos era nuestra casa pero resultó imposible venderla con la situación del país. Después de un año muy duro, mis tíos, por parte de mi papá, se llevaron a mi mamá a Costa Rica donde ellos viven.

163

Mi mamá me entregó un sobre con un pasaje para venir a España y 1500 euros; me dijo que era un regalo que mis abuelos habían dejado para cuando cumpliera los 21 y que aunque todavía no los había cumplido era necesario que me fuera del país. Eso fue hace dos meses y aquí estoy... pasé un tiempo en Venezuela planeando encontrar a los responsables de la muerte de mi padre hasta que comprendí que era un absurdo; que eso de ojo por ojo, diente por diente, no es lo que necesitamos en este mundo para avanzar.

Jenna está impresionada con la historia que acaba de escuchar.

-¡Roberto! ¡Esto es espantoso! ¡Lo siento mucho! –dice Jenna.

-Eso no es todo, al llegar a Madrid, no sabía adónde ir, alquilé un cuarto por una semana para evaluar posibilidades de trabajo o qué hacer. Como no tengo papeles, pues no ha sido muy fácil y me he encontrado con el rechazo de muchos, aquí nos llaman "sudacas" despreciativamente -explica Roberto.

-¿Sudacas? ¿Qué es eso? -pregunta Jenna.

-Nativos de Sudamérica –responde él.

Caminan en silencio por un rato. A lo lejos divisan un pequeño caserío rodeado de algunas siembras y de rebaños de ovejas.

-Ese debe ser El Acebo –comenta Roberto.

Miran el reloj.

-Buen tiempo –comenta Jenna.

-Por eso me he venido a hacer el camino. Porque aquí como ven a todos como peregrinos, le dan buen trato a todos. Es muy distinto tocar mi armónica aquí en el camino que en la estación del metro o en la Plaza Mayor de Madrid y competir con otra docena de personas haciendo lo mismo que yo. Además, a la semana de llegar, me quitaron la billetera donde tenía 1000 euros.

-¡No puede ser! -exclama Jenna.

-Sí, por tonto además, se me acercaron dos mujeres, estaba el metro lleno de gente, íbamos de pie. Una se me puso delante, era muy bonita y vestida con un escote muy provocativo, se me plantó delante, bien pegada a mí. Me sonrió y me preguntó dónde quedaba una estación mostrándome una hoja. La de atrás no sé ni cómo me sacó la billetera del bolsillo.

No sentí absolutamente nada. Las mujeres se bajaron en la próxima estación y desaparecieron rápidamente. El hombre detrás de mí gritó ¡Me robaron! Mi primer impulso fue palpar mi billetera en el bolsillo, fue cuando me di cuenta de que a mí también. Al bajarme en la próxima estación, acudí a un policía y le expliqué lo sucedido. Me dijo que ocurre a diario, los casos de *pickpockets* son tremendos. Me preguntó si se trataba de unas mujeres con acento extranjero, le dije que una sí, la otra no sabía. Pues me dijo que son carteristas profesionales, hay muchos hurtos, el metro de Madrid es conocido por ser uno de los peores sitios y a muchos incautos les roban la cartera.

-Pues a mí también me robaron al llegar, haciendo el camino, por cierto un chileno que pretendía ser peregrino –dice Jenna.

-Yo ahora, casi que agradezco que me hayan robado la billetera en Madrid, no creo que hubiera decidido venir a hacer el camino de no haber tenido que rebuscármela... - dice Roberto.

Roberto nota la expresión de desconcierto de Jenna y añade:

-Vine porque pensé que sería más fácil estar donde los turistas son bienvenidos y con esto de poder dormir y comer como peregrino puedo arreglármelas con pocos euros al día, cosa que en Madrid sería imposible. Además, me gusta mucho más aquí que en una gran ciudad...

Frente a ellos cruza un hombre que pareciera tener más de cien años, la piel curtida por el sol, arrugada como una pasa. El hombre los saluda con una sonrisa que se destaca por su ausencia de dientes, él cruza el camino guiando a tres ovejas y un perro lo acompaña.

Luego de unos pasos, entran a El Acebo. Hay una calle principal, Jenna y Roberto se dirigen al primer albergue que encuentran a mano izquierda. En la entrada hay un restaurante muy concurrido y las habitaciones se encuentran al final.

-¿Prefieres seguir a Molinaseca o quieres quedarte aquí? -pregunta Roberto.

Jenna consulta su reloj, todavía tienen tres horas más de luz y podrían llegar al próximo poblado pero ella teme que de hacerlo va a crear más distancia con Hernán y el resto.

-No sé, podría seguir caminando pero no quiero adelantarme tanto y perder a mis amigos.

-Pues me quedo haciéndote compañía. Me ha hecho bien compartir todo lo que te he contado –dice Roberto.

Ellos se registran, pagan por una litera y les sellan sus credenciales. Jenna se ducha y se cambia rápidamente, ella se sienta en uno de los bancos que hay afuera junto al camino, pasan muchos peregrinos pero no llegan sus amigos. A la hora de cenar, en el comedor hay dos grandes mesones y todos se sientan juntos. Hay un grupo grande de franceses que conversan animadamente. Jenna y Roberto se sientan en una de las mesas y Jenna se alegra muchísimo cuando ve a Briggitte en el grupo. Ella le da un fuerte abrazo y dos besos. Esa noche Jenna y Roberto disfrutan de animadas conversaciones, al final todos cantan "Ultreia" una canción que describen como típica del camino.

Personal Glossary: (Place a number by the word and the reference here)

Más tarde, después de que todos se acuestan, Jenna piensa en Hernán, lo extraña, y también a sus amigos. ¡Qué difícil será a la hora de decir adiós cuando termine el camino! Por eso ella decide controlar sus impulsos de querer estar sola de ahora en adelante y compartir más con todos. Aunque también es cierto que en las dos ocasiones que ella ha salido sola; ha conocido a personas muy interesantes, ha tenido buenas experiencias y ha pensado con claridad. Ella toma su linterna de cabeza, su diario y un bolígrafo y sale silenciosa al patio donde se sienta un rato a escribir en su diario. Observa el cielo estrellado, la luna está en creciente, en una semana estará llena, así que al llegar a Santiago tendrán luna llena. Se pregunta qué será de Elena y Christophe, a ellos sí es verdad que le han perdido el rastro. Finalmente la domina el cansancio y se va a acostar.

Capítulo XXXI

http://chirb.it/w06xAm

Chapter 31

*E*l trayecto de El Acebo a Molinaseca tiene una bajada bien pronunciada que es una prueba dura para las rodillas. El trayecto es hermoso y al llegar a Molinaseca, los sorprende un río que invita a un descanso.

El puente de la entrada es de los que requieren una foto, así que Roberto y Jenna toman fotos y luego se sientan en el césped junto al río.

Roberto saca su armónica y comienza a entonar la melodía de la canción de Ultreia. Él comenta:

-¿Será que la puedo tocar? Recuerdas cómo va?

Jenna saca su armónica y entre los dos practican y toman turnos hasta que un peregrino se les sienta al lado y comienza a cantar la canción en francés.

-¡Genial! –dice Roberto.
-Très bon! -dice el francés.

Jenna y Roberto se extienden en la grama viendo el cielo, contemplando el hermoso día, las múltiples mariposas que hay cerca del río, así como un grupo de niños jugando.

-¡Esto es tan lindo! –dice Jenna.

Entonces Jenna escucha una voz familiar y al levantarse, distingue a Elena.

-¡Elena! –grita Jenna.

Elena voltea, sonríe emocionada y corre a su encuentro. Ellas se abrazan.

-¡Pensé que los había perdido! –comenta Elena.

Entonces ella mira confundida a Roberto. Jenna lo presenta enseguida.

-Te presento a Roberto.
-Hola -dice Roberto.
-Mucho gusto, soy Elena –contesta ella.

-Yo perdí a los demás, espero encontrarlos hoy. ¿Y dónde está Christophe? -pregunta Jenna.

-Pues yo también caminé unos días sola, ayer me encontré con Christophe aquí. Él está comiendo algo en la cafetería, vengan... vamos para se tomen un café con nosotros -dice Elena.

Jenna y Roberto recogen sus mochilas y siguen a Elena a una terraza con vista al río que tiene unas mesas donde muchos peregrinos están sentados disfrutando del hermoso sitio.

Mientras Christophe saluda a Jenna con un abrazo, a Roberto le llama la atención un afiche que anuncia un concierto en un castillo. Cuando él se acerca ve que el concierto es esa misma tarde, en el castillo de Ponferrada; comienza la temporada de música clásica con un grupo de jóvenes interpretando a Vivaldi, Bach y Mozart. Él mira el reloj y consulta con un mesero:

-¿Cuánto hay de aquí a Ponferrada? -pregunta Roberto.

-Hay ocho kilómetros, dos horas y media o tres horas – le responde el mesero.

Roberto va junto a Jenna y le indica el afiche de la pared diciendo:

-Yo voy a seguir a Ponferrada, hoy a las seis hay un concierto en el castillo que no me gustaría perdérmelo.

Jenna mira su reloj.

-¿En cuatro horas? ¿Cuánto tiempo para llegar allí?

-De dos a tres, ¿vienes o te quedas? -pregunta Roberto.

-Me voy contigo –responde ella.

Jenna se dirige a Elena y Christophe que están con unos amigos:

-¿Ustedes van a seguir hoy hasta dónde? -pregunta Jenna.

-Hasta Ponferrada, pero no podemos irnos todavía porque a mí me están cosiendo la mochila. Se me rompió y me la tienen lista en una hora más o menos. Además, ellos lavaron la ropa esta mañana y están esperando a que seque –dice Elena.

-¿A qué albergue van? –pregunta Jenna.

Christophe le muestra en su libro una lista, Jenna le toma una foto con su cámara.

Personal Glossary: (Place a number by the word and the reference here)

_____ _____ _____ _____

- Nosotros vamos a seguir a Ponferrada, nos vemos luego. Por favor cuando vean a Hernán, Haydeé, Philippe, Mariluz y el profesor díganles que los estaré esperando en Ponferrada hoy. ¡Que los extraño a todos!
- Perfecto, ¡buen camino! -contesta Elena.

Ellos se despiden y salen de la cafetería, van por la calle central de Molinaseca y siguen un camino bien diferente, ya no por valles y colinas sino por carreteras y caminos.

@@@@@@@@

Capítulo XXXII

http://chirb.it/eCE4kP

Chapter 32

*E*l castillo de Ponferrada es hermoso y se encuentra muy bien conservado. El castillo de los Templarios es imponente, sobretodo brinda la recompensa de apreciar su belleza después de haber transitado un tramo aburrido y asfaltado desde Molinaseca.

Jenna y Roberto se dirigen directamente al castillo donde compran dos boletos por tan solo tres euros por persona para el concierto de la tarde.

Cuentan con hora y cuarto para prepararse. De ahí se dirigen a los albergues sugeridos por Christophe y el primero y el segundo de la lista están bien ubicados, cerca de la plaza y del castillo. Ellos seleccionan el segundo de la lista ya que es el que cuenta con un mayor número de camas, así habrá chance que al llegar los otros, se hospeden en el mismo albergue.

Jenna limpia su ropa y la cuelga en el patio a secar. Ella se cambia y se pone la camisa limpia que lleva en su mochila.

Llegan una media hora antes del comienzo y pasean por la entrada del castillo, luego van a buscar buenos asientos ya que no están numerados.

Jenna está sorprendida por la arquitectura del castillo y lee el folleto que tomó en la entrada. Jenna le dice a Roberto:

-Este castillo fue construido en los siglos XII y en el XV.

Pone el folleto de lado y le dice a Roberto:

-Es la primera vez en mi vida que estoy en un castillo de verdad, todo eso de Disneylandia no cuenta.

Roberto le sonríe.

-En mi caso es la primera vez que voy a ver un concierto de música clásica en un castillo como este. Sabes, este sitio me encanta. Me gustaría ver si mañana me dejan tocar la armónica cerca de la entrada.

-¿Vas a pedir permiso? -pregunta Jenna.

-No, prefiero pedir perdón que disculpas, al menos por un rato tendré el disfrute de tocar en un sitio así. Lo que sí es que me vas a tener que tomar una foto, ¿okey? – dice Roberto.

Ella asiente con la cabeza. Roberto pregunta:

-Y a ti, ¿cómo es que te gusta la música clásica?

-¡Porque me encanta la música! Porque a veces he pensado que debería convertirse en mi carrera, que quizás debería estudiar música... Claro está que me fascina la arquitectura y la fotografía también –contesta ella.

-Todo en la línea de lo artístico –dice él.

-¿Sabes? Ahora que me recuerdo, alguien que me influyó mucho hace como tres años para que me interesara en la música clásica es un venezolano, Gustavo Dudamel –dice Jenna.

-¡No te creo! ¿Sabes quién es Dudamel? Él es mi ídolo, me encanta lo que ha estado haciendo con la organización El Sistema que ayuda a los niños a interesarse por la música, a aprender a tocar un instrumento musical y de esa manera alejarlos de las calles y de la inercia que es lo que provoca todos los males... y mírate, ha sido capaz de influenciar a personas fuera de Venezuela -añade sonriendo.

-¡Oh, sí! Él me inspiró, me encantó ver su entusiasmo, su pasión, la manera como integra los instrumentos como si fueran una extensión del cuerpo, como los muchachos tocan y bailan mientras dan un concierto -dice Jenna.

-Exactamente –dice entusiasmado Roberto.

En eso entran los músicos y todos toman sus posiciones. Comienzan tocando "Las Cuatro estaciones" y luego siguen por una hora tocando piezas famosas de Bach y Mozart. La banda ofrece un concierto extraordinario.

Al terminar todos los presentes aplauden y piden más. Cierran con el Concierto de violín de Mendelssohn. Es extraordinario. Jenna y Roberto son de los últimos en salir.

En las calles hay bastantes personas, no solamente peregrinos. Es fin de semana así que hay buen ambiente. Ellos se dirigen al albergue, Jenna pide ver los nombres en el registro para ver si llegaron sus amigos pero no encuentra nada. Jenna y Roberto buscan en los otros albergues y en la Plaza Mayor pero no encuentran a nadie.

-No lo puedo creer, no creo que hayan pasado de largo – dice Jenna.

-Imposible, porque nosotros hemos caminado incluso más de lo que se acostumbra en una etapa. Seguro que se quedaron en Molinaseca y mañana a media mañana estarán llegando. El castillo es un punto obligatorio, imposible que pasen de largo, así que ahí estarás esperándolos -dice Roberto.

-Buena idea, estaré allí contigo en concierto, ¿qué te parece? –pregunta Jenna emocionada.

-Me parece de la hostia, como dicen aquí en España – contesta él.

Jenna sonríe pero le hace pensar en Hernán de inmediato y extrañarlo.

Roberto y Jenna caminan por el centro de Ponferrada, van a cenar y por último se comen un helado mientras pasean por la Plaza Mayor.

-Y una vez que encuentres el sitio que te guste, ¿qué piensas hacer para vivir? ¿Vas a estar tocando música en las calles todo el tiempo? –pregunta Jenna.

Personal Glossary: (Place a number by the word and the reference here)

-Esto es la primera vez en mi vida que lo hago, pero si te encuentras de la noche a la mañana en una ciudad de otro país, sin tener derecho a trabajar, sin nadie a quien conoces y con 20 euros en el bolsillo, ¿Qué hubieras hecho tú?

-Oh, no, a mí ni me lo preguntes, no sé, creo que todavía estaría ahí sentada en un banco en la mitad de una plaza tratando de decidir qué hacer –dice ella.

-Pues yo decidí comprar una armónica y un teléfono prepagado para tener un número aquí en España. Puse anuncios en algunos sitios ofreciéndome como profesor de piano a domicilio. No tuve mucha suerte, pero sí le di clases a una chica por dos semanas mientras estaba de vacaciones con sus tíos. La niña vive en el sur de España. Así que con lo de las clases de piano y lo que recolecté en propinas tocando la armónica tuve lo suficiente para comprarme el equipo básico de alpinismo. Mi ropa de ciudad y otros efectos los metí en una caja de cartón y me la envié a mí mismo a la oficina de correos de Santiago de Compostela. Allí la recogeré cuando llegue - explica Roberto.

-¡Fue una idea brillante! La mayoría de las personas en tu situación se hubieran desmoronado -comenta Jenna.

-No sé, la verdad es que vi a muchos sin techo en Madrid, viviendo de manera deplorable, como parásitos. Yo creo que hasta en la peor de las situaciones, nuestra actitud tiene mucho que ver. Aunque digan que no hay trabajo, hay formas de ganarse la vida honradamente con un poco de ganas y de inventiva –añade Roberto.

A estas alturas han llegado al albergue. Roberto le pide el número de teléfono a Jenna, él también anota su correo electrónico. Jenna le escribe un largo mensaje a su mamá. Una vez más, termina expresándole cuánto la quiere y cuán agradecida está por tenerla en su vida. Jenna se va a dormir, Roberto se queda leyendo un rato.

A las seis de la mañana suenan las campanas de una iglesia cercana. Algunos se levantan, otros siguen durmiendo, como es el caso de Jenna y Roberto. Finalmente a las 7:30 de la mañana se levantan los últimos peregrinos y se dirigen al aseo.

En la sala del albergue hay una colección de libros muy variada. Mientras ellos toman un café, ambos hojean parte de los interesantes libros.

-¿Listos para nuestra puesta en escena? –pregunta Roberto.

-¿Puesta en qué? –dice Jenna.

-Lista para ir a tocar al castillo? –dice él.

-Sí, vamos -contesta ella.

Jenna y Roberto se dirigen a la entrada del castillo. En toda la entrada no es posible tocar porque sería muy descarado, pero afuera, abajo en la acera, a la entrada, al lado de las escalinatas sobre el césped, ellos piensan que podrían tocar sus armónicas sin molestar a nadie; así lo hacen. Roberto pone una caja con una moneda de un euro y un billete de cinco. Algunos peregrinos pasan para visitar el castillo, se detienen y aprecian la música, siguen su camino. Otros donan unas monedas. En un momento determinado ellos ven a los franceses que estaban en El Acebo, Briggitte con ellos, así que comienzan a tocar Ultreia. Los franceses se detienen y cantan con ellos. Briggitte reconoce a Jenna. Le sonríe y tira un billete de cinco euros en la caja, otros la imitan. Roberto y Jenna tocan unas cuantas melodías y lo están pasando de maravilla.

De pronto llegan dos policías al sitio que exigen paren de tocar de inmediato.

-¿Tenéis permiso para estar tocando aquí? -pregunta de mala gana uno de ellos.

-No sabíamos que necesitábamos un permiso, sencillamente es una expresión, en vez de hablar, decidimos cantar, disculpe si lo ofendemos -dice Roberto.

-¿Y estáis pidiendo dinero? –dice el otro.

-Bueno, tenemos la cajita por si acaso la gente quiere darnos un regalito. Nosotros no estamos vendiendo CDs ni nada. Es un intercambio.

-Un intercambio, ¿ah? Lo que vamos a hacer aquí es un intercambio de localidad, vamos a la estación, acompáñennos –dice uno bruscamente.

En eso salen los peregrinos franceses del castillo templario y se quejan con la policía pidiendo que dejen a los músicos en paz. En la mitad del alboroto, llegan Mariluz, Haydeé, el profesor, Hernán y Philippe. Hernán va directo donde Jenna y le da un abrazo y un beso sin importarle la presencia de todos. Todos aplauden, ella se sonroja. Los franceses comienzan a cantar Ultreia y le piden a ellos que los acompañen con la armónica. Así lo hacen, esto trae a muchos otros peregrinos que terminan visitando el castillo. Los policías se dirigen a Roberto y a Jenna:

-Si os vemos aquí en una hora, derechito a la estación.

-Entendido –contesta Roberto.

Mientras, varios otros peregrinos han llegado y han seguido contribuyendo a la caja. Roberto y Jenna interpretan una última pieza en Blues, luego Jenna comienza las primeras notas de Alma Llanera y le dice a Roberto mientras sonríe:

-Esta por ti y por Venezuela.

Todos aplauden. Ellos recogen las cosas. En eso llega una chica del castillo.

-¿Quiénes son los músicos? –pregunta ella.

La gente señala a Roberto y a Jenna. La mujer dice:

-Hola, trabajo en la sección de espectáculos del castillo. Nos gustaría haceros una propuesta. ¿Podéis venir conmigo?

-En realidad, el músico es él, yo estaba de paso –dice Jenna.

Roberto y Jenna se dan un abrazo.

-No te pierdas y buena suerte – dice Jenna.

-No te preocupes que nos mantenemos en contacto, gracias por ser una gran confidente.

Roberto le da la mitad de los billetes, pero ella no los acepta.

-La próxima vez que nos veamos me debes un concierto –responde ella.

Personal Glossary: (Place a number by the word and the reference here)

El grupo de peregrinos se disipa. Roberto se va con la mujer al interior del castillo.

Mariluz abraza a Jenna, y le entrega el teléfono diciéndole:

-Querida, te lo compré precisamente para situaciones como esta. Nos tenías preocupados a todos.

Jenna toma el teléfono, abraza a Mariluz y le da las gracias. Philippe abraza a Jenna, luego Haydeé, y finalmente el profesor Rodríguez.

-Y entonces, ¿rumbo a Cacabelos? -pregunta Philippe.

-¡A Cacabelos! -contesta riéndose Haydeé.

Todos emprenden camino. Hernán y Jenna son los últimos y siguen al grupo guardando cierta distancia para hablar entre ellos.

-Quiero pedirte perdón por la manera como actué la otra noche, no me dominé. Cuando tú yo vayamos a hacer el amor va a ser en circunstancias muy especiales, no a la carrera de pie en un baño. Me sentí miserable cuando te fuiste- dice Hernán.

-Hernán, tú me gustas mucho, te he echado en falta en estos días pero quiero que sepas que yo no estoy lista para tener relaciones, así que si no quieres más nada conmigo, no pasa nada, yo entiendo -responde ella.

-¿Me echaste en falta? ¿No hay nada por lo que debería sentirme celoso? Sentí una conexión que tenías con Roberto... -dice Hernán.

Ella contesta entre risas:

-Es cierto, de verdad que conectamos muy bien, pero como buenos amigos. ¡Roberto es un ser increíble! No, no, no, no, nada que ver a otro nivel, ¿estás celoso?

-Bueno, pues sí, un poco. Celoso de no haber podido compartir cada minuto de esta experiencia que estamos haciendo juntos. Ayer pensé que no quiero llegar a Santiago, no quiero que el Camino termine...

Hernán se detiene y vuelve a besar a Jenna. Luego ellos siguen el camino en silencio por un rato.

Personal Glossary: (Place a number by the word and the reference here)

_____ _____ _____ _____

_____ _____ _____ _____

Jenna dice:

-Lo más importante ahora no es pensar que va a terminar o pensar en el fin, hay que darse cuenta de lo que estamos haciendo aquí y ahora, que estamos con una gente extraordinaria...que estamos caminando por estas calles...

-Sí, tienes razón, no me preguntes por dónde pasé hasta llegar a Ponferrada porque no le presté atención a nada - dice él.

-Precisamente por eso salí corriendo, porque no me quiero perder esta experiencia -dice ella.

- -Aparte de todo, aunque no lo creas, soy virgen. ¿Recuerdas el test que nos hizo Philippe? ¿Te acuerdas cómo reaccioné yo cuando llegamos al riachuelo? Pensé que era bello pero que yo no podía perder tiempo allí porque tenía otras cosas que hacer y seguí caminando, lo crucé de un salto. Tú sin embargo te metiste y te hubieras podido quedar el día entero allí. Luego me enteré que esa parte del test se puede interpretar como el aspecto sexual de nuestras vidas. Y es cierto en mi caso. No he permitido darle rienda suelta porque he tenido otras prioridades, porque no había conocido a alguien que me hiciera dudar, porque he vivido en mi familia el caso de mi prima que tiró su vida por la borda porque quedó embarazada muy joven. No sé, la verdad es que ahora tampoco quiero ponerme a pensar en todo esto y por eso salí corriendo, porque estoy pasando por un momento en el que cada día estoy viendo y conociendo algo por primera vez, cada día estoy haciendo, comiendo, sintiendo algo nuevo y quiero poder vivir cada una de estas experiencias intensamente. Me da miedo poner toda la atención en ti y perderme el resto... ¿me entiendes?

-Más de lo que te imaginas... -contesta él.

Le besa la frente, le sonríe y continúan caminando.

Escuchan un alboroto y al voltear ven a Christophe y a Elena que están corriendo para alcanzarlos. El grupo se detiene a esperarlos. Al llegar, se saludan.

Elena entre risas comenta:

-Los desertores se unen al grupo.

Capítulo XXXIII

http://chirb.it/aL6Khk

Chapter 33

*T*odos caminan junto a un par de carreteras, luego por senderos a lo largo de viñedos, pasan por Cacabelos y deciden seguir hasta Villafranca del Bierzo.

Se les hace el día largo, con la monotonía de ir en tramos junto a la carretera. Caminan, conversan, escuchan música y también comparten caminatas silenciosas.

Esa noche se quedan en un albergue que tiene una historia de más de 25 años. Al llegar, conocen al hospitalero, es el mismo dueño y se enteran de que esa noche habrá una "queimada" después de la cena. Jaco, el hospitalero es un hombre que ha aparecido en programas de televisión y ha sido mencionado en varios libros del camino, él es todo un personaje. El salón del comedor tiene bastante capacidad ya que posee mesones largos de madera, el comedor está repleto de peregrinos. Jenna, Hernán y el grupo se sientan en una mesa con otros peregrinos. Enseguida les sirven un plato de sopa y luego viene el plato principal. Mientras comen, todos escuchan las anécdotas contadas por Jaco.

Después de comer, apagan las luces, dejan velas encendidas y Jaco le pega fuego a la olla de la queimada, el alcohol arde, él añade unos trozos de naranja y lo revuelve todo, las llamas azuladas del alcohol dan un resplandor y la escena parece una película en la que un mago prepara un hechizo. El hombre dice unas palabras en gallego que muchos no entienden. Jenna solo entiende "sapos y ranas". Hernán le sonríe y la abraza. El hospitalero termina su preparación y acto seguido todos aplauden. Él termina sirviendo copitas pequeñas de la bebida diciéndole a todos que es un trago con el que hacen la comunión con la energía positiva del camino para que estén protegidos. Esa noche ellos conversan, Elena y Christophe cuentan sobre su trayecto y lamentan haberse perdido la interpretación musical de Jenna y Roberto en el castillo de Foncebadón. El próximo día será el último atravesando Castilla y León.

Al día siguiente se levantan temprano, la emoción de pensar que ya están por llegar a Galicia, hace que caminen a buen ritmo sin perder las fuerzas mientras recorren nuevamente una larga subida junto a la carretera principal que tienen a mano derecha y un caudaloso río a la derecha.

Después de caminar unos veinticuatro o veinticinco kilómetros, finalmente llegan al pueblo de Las Herrerías.

A la salida del pueblo cambia el paisaje drásticamente. Se acaba la carretera principal y se adentran en montañas donde ya comienzan a subir, el tramo es una subida súper empinada, es extenuante después de un largo día. Ascienden 700 metros en ocho kilómetros, algo bestial.

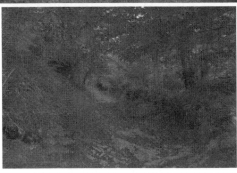

En vez de llegar hasta O Cebreiro deciden parar en La Faba, un pequeño caserío a unos tres kilómetros de Galicia. Están verdaderamente agotados.

El profesor comenta:

-Aparte del hecho de que no puedo dar un paso más, creo que vamos a poder aprovechar mejor la entrada a Galicia con los primeros rayos de luz de la mañana que con los últimos de la noche.

A lo que Hernán contesta:

-Totalmente cierto, y también tendremos unas vistas espléndidas, bueno... ¡espero! El año pasado no pude apreciarlo ya que era como estar encima de las nubes. Fue interesante también, pero muchos comentaron después sobre las magníficas vistas desde O Cebreiro, las que nunca logré ver.

Mientras todos se bañan, Jenna se dispone a escribir en su diario cuando suena su teléfono. Ella sale afuera para poder conversar a sus anchas.

Hi, Mom! Yes….. dice ella.

Jenna escucha por largo rato a su madre, ella se aleja de la entrada. Elena y Haydeé salen al patio para colgar una ropa y ponerla a secar.

-¿Dónde comemos hoy? - pregunta Elena

-Pues no sé si tenemos muchas opciones, yo la verdad es que tengo hambre pero estoy muerta. Podría acostarme de una vez –dice Haydeé.

Mariluz sale con ropa para colgar. Jenna entra a prepararse. Después de que todos se alistan, salen del albergue y al despejarse un poco la neblina aprecian las vistas de las montañas y el atardecer. Más tarde cenan, hay un solo menú que ofrece sopa de ajo, espaguetis y flan. Esa noche hace frío, ya están en las montañas de Galicia y se siente en el clima. Están todos agotados por la dura caminata, así que se lo toman con calma, escuchan música, leen, revisan sus guías del camino y hablan de posibles paradas.

Jenna escribe muy brevemente en su diario.

Finalmente se acuestan todos temprano.

Personal Glossary: (Place a number by the word and the reference here)

——————— —————————— —————————— ——————————————

Capítulo XXXIV

http://chirb.it/JyK6fa

Chapter 34

Salen los primeros rayos de luz, se escucha el canto de pájaros y de algún que otro gallo.

Esta vez quienes se alistan en la oscuridad son Jenna, Hernán, Philippe, el profesor y Haydeé. Al salir de la habitación se ven los primeros rayos de sol detrás de las montañas.

Hernán le escribe un mensaje al resto y lo coloca donde tienen sus zapatos y palos. Les dice que los esperarán en O Cebreiro para desayunar un exquisito chocolate caliente con un pedazo de Tarta de Santiago.

El grupo se dispone a seguir el camino no sin antes tomar varias fotografías.

El trayecto de la subida ya no es tan acentuado como el tramo del día anterior. La vegetación es hermosa, hay muchas tonalidades de verde y muchas florecillas, algunas de ellas no las habían visto antes en el camino.

Vuelven a parar para seguir tomando fotografías. Esta vez Philippe toma una foto de Jenna y Hernán. Pasan varios peregrinos caminando a un ritmo más rápido. Al poco rato llegan al hito que indica la entrada a Galicia. Está decorado con tributos, piedras, flores, y algún que otro escrito.

Personal Glossary: (Place a number by the word and the reference here)

_____ _____ _____ _____

Aquí se toman fotos individuales y en grupo.

-El mojón más famoso del camino está mucho más adelante cuando falten 100 km hasta Santiago. Es el mínimo recorrido para recibir la Compostela. No llegué allí el año pasado porque me rompí la pierna antes- Pero este que muestra la entrada a Galicia es muy importante - dice Hernán.

-Me encanta este sitio, estoy feliz -dice Jenna.

Llegan unos peregrinos que esperan para fotografiarse, Philippe les pide que les tomen una foto a todos juntos. Luego Philippe los fotografía a ellos. La neblina comienza a formarse.

-Ojalá que no se espese la neblina -dice el profesor.

-Creo que el truco está en no salir de O Cebreiro muy temprano en la mañana que es cuando está rodeado de neblina, ojalá logremos ver las vistas a esos 1300 metros de altura.

¿A cuánto está Santiago de aquí? - pregunta Haydeé

-Faltan solo 150 kilómetros, como una semana, al ritmo que hemos traído -dice Philippe.

Hernán mira a Jenna, le toma la mano y se la aprieta con un gesto de cariño, ella le sonríe.

Haydeé revisa su teléfono.

-Tengo un mensaje, dice que salieron del albergue hace media hora, así que ya deben estar por llegar. Yo los voy a esperar, quiero tomarme una foto con mi abuela aquí.

-Yo también –añade el profesor.

Hernán busca algo en su mochila y dice:

-¡Ay, no! me dejé olvidada mi guía del camino en el albergue. Bueno, ¡ni modo! Ojalá la encuentre alguien que necesite una... Lo que falta para O Cebreiro es nada, los esperamos allá, hay una capilla famosa en cuyo altar está el cáliz del milagro de O Cebreiro. Cuenta la leyenda que durante un frío día de invierno, en medio de una nevada, un pastor fue el único que iba a acudir a misa, y este hombre murió en el camino. El cura, que dudaba que alguien fuera por la tormenta, contempló como el vino y el pan se transformaron en sangre y carne.

-Sí, he escuchado sobre esta leyenda. Bueno, pues adelántense, vayan a la cafetería y luego de tomar algo vamos a ver la capilla juntos -dice el profesor.

Jenna, Hernán y Philippe siguen el camino. Luego de caminar muy poco, llegan a la cima.

El caserío tiene varios muros de piedra, se escucha uno que otro perro ladrar.

Hay muchas flores, unas Hortensias azules tan hermosas que parecen artificiales.

-O Cebreiro es bellísimo y está rodeado de misterios y de leyendas. Es uno de los lugares históricamente más emblemáticos del Camino. Aparte de la iglesia prerrománica del siglo IX, algo muy especial de O Cebreiro es cómo conservan las construcciones de origen celta con sus característicos techos de paja, se llaman pallozas –dice Hernán.

-¿De los celtas? Ya es la segunda vez que lo mencionas y no sé de qué se trata -pregunta Jenna.

-*Celtic*, una zona de la parte norte de Francia y de España fueron territorios habitados por los Celtas – responde Philippe.

-Galicia le rinde mucho culto a todo lo celta, aquí verán mucha simbología y escucharán música celta. Es más, uno de los festivales de música celta más importantes del mundo es aquí en Galicia –comenta Hernán.

Ellos siguen caminando y se alejan hacia donde pasa la carretera. Hay algo de neblina pero está despejado. Hernán corre emocionado.

¡No lo puedo creer! ¡Vengan! Veamos esto y luego nos reunimos con los otros -dice Hernán.

Ellos llegan a un sitio donde la vista de las montañas es excepcional, se ve la silueta de las cimas en diferentes tonos de azul con una suave iluminación. Los tres se detienen a apreciarlo. Jenna trata de sacar una foto y dice:

-Es imposible capturar esta imagen en una foto.

-Es majestuoso -añade Hernán.

Hernán se acerca a Jenna y la abraza por un largo rato mientras ambos observan el paisaje. Philippe toma varias fotos e incluye una de la pareja. Finalmente les pide que le tomen una a él con esa vista tan extraordinaria.

Personal Glossary: (Place a number by the word and the reference here)

_____   _____   _____   _____

_____   _____   _____   _____

Capítulo XXXV

http://chirb.it/L4088M

Chapter 35

*E*l hermoso edificio de piedra alberga la cafetería, una tienda de recuerdos, los baños y unas cuantas habitaciones del albergue.

Allí se encuentran todos sentados después de haber desayunado un espeso chocolate caliente con tarta de Santiago.

-Podría vivir aquí y deleitarme con esto todas las mañanas -dice sonriendo Christophe.

Philippe con su guía del camino en mano, les pregunta:

-Hoy podríamos llegar hasta Triacastela, está a veinte y pico de kilómetros.

-No sé, tengo dolor en las rodillas y en la espalda. Creo que me gustaría quedarme aquí a descansar hoy. Este sitio es maravilloso -dice Mariluz.

-Ya que tú lo dices, me atrevo a confesar que yo también necesito descansar, la subida de ayer me pasó la cuenta y también tengo molestias en las rodillas - comenta el profesor.

-¿Qué tal si vemos la iglesia y el museo de los celtas y vemos cómo se sienten en un rato? -dice Haydeé.

Ellos visitan la iglesia, aprecian la hermosa construcción así como el tributo al milagro.

Al salir de la iglesia, hay bastante neblina. Van a visitar el museo y luego caminan por las calles empedradas del pueblo. Al rato, el cielo se despeja y van al otro lado de la carretera para apreciar la vista y tomar fotos.

Hernán comenta:

-Son las once y media de la mañana, hay un sitio que se llama Fonfría que no queda muy lejos de aquí, ¿siguen con la idea de quedarse aquí o estarían dispuestos a llegar hasta allí?

-La verdad es que prefiero descansar, sigan ustedes. No quiero forzar mis rodillas. Esa subida de ayer fue tremenda -dice Mariluz.

-Nos vemos más adelante – añade el profesor.

-Nos mantenemos en contacto -dice Mariluz mostrando el teléfono y sonriéndole a Haydeé y Jenna.

Se despiden y los chicos siguen su caminata.

El profesor Rodríguez abraza a Mariluz y le dice:

-¿Prefieres descansar sentada o tomar una siesta?

-Así sentada va bien, lo que no quiero es esforzar el cuerpo caminando y con la mochila hoy -contesta ella.

-Me parece muy bien, además a medida que nos acercamos a Santiago surge la necesidad imperiosa de que conversemos y veamos qué es lo que va a pasar con nosotros después del camino... -añade él.

Capítulo XXXVI

http://chirb.it/kdEtrr

Chapter 36

*E*l sendero al salir de O Cebreiro presenta un ascenso y es un camino que a veces parece va entre nubes, por momentos se disipa la neblina y tienen hermosas vistas. Pasan junto a unos peregrinos que están fotografiando el paisaje entre nieblas. Luego de un rato, llegan al Alto de Poio donde está la estatua al Peregrino. Deciden tomar un café en el bar cerca del monumento.

El sitio es muy acogedor y hay bastantes peregrinos. Al llegar, Jenna y Elena van al baño. Allí se encuentran con Soledad, la señora que Jenna conoció hace semanas que le contó la historia de la pérdida de su hijo. La mujer enseguida la reconoce y se dan un abrazo como si se hubiesen conocido por toda una vida.

-¿Cómo estás? ¡Qué maja te ves! ¿Cómo va tu camino? - pregunta Soledad.

-Muy bien, aprendiendo cada día, ¿y usted? ¿Cómo va todo? dice Jenna sonriendo y le presenta a Elena.

Soledad añade:

-Pues, siguiendo con el ritmo, cada mañana recuerdo que tengo dos opciones, que puedo enfrentar el camino con "sí se puede", o "no se puede". El otro día alguien me dijo "El futuro es un camino de una sola vía, solo que tú decides si gateas, caminas o vuelas por él", y yo he decidido aplicarlo al presente. Me gusta más el dicho con "la vida es un camino". Mi problema es que vivo con una cadena atada al pasado, estoy trabajando en ver el ahora, el camino que tengo por delante, el próximo pueblo, el próximo albergue y decidir si gateo o camino. Me ha ayudado mucho, sé que me está ayudando, ya no soy quien llegó hace unas semanas... estoy en proceso de convertirme en la persona que regresará a casa. Definitivamente distinta a la que salió.

Jenna la abraza. Elena también la abraza y añade:

-Qué lindo lo que dijo. Es una gran verdad, todos de alguna manera u otra nos estamos transformando en esa nueva persona que regresará a casa.

-Da para pensar. Gracias por compartirlo –dice Jenna.

Soledad se despide. Las chicas usan el baño y al salir ya no la ven en el café. Ellas se sientan con sus amigos y disfrutan de un delicioso café con leche.

Jenna se sienta junto a Hernán y le dice en voz baja:

-¿Recuerdas a la señora Soledad? Te hablé de ella cuando la conocí, la mujer que perdió a su hijo, la que tenía una tristeza horrible. La acabamos de ver en el baño y está mucho mejor. ¡Qué alegría me dio verla! Quería presentártela pero creo que ya se fue.

-Seguro que la verás otra vez, la gente dice que al llegar a Santiago la vida se encarga de que nos encontremos a muchos de los que conocimos en el camino para despedirnos -dice Hernán.

Jenna se queda pensativa. Mira profundamente a Hernán.

-Va a ser muy duro decirles adiós a todos.

Hernán le toma la mano y se la aprieta cariñosamente como buscando y brindando apoyo. En eso, Elena habla:

-Acabo de escuchar algo que me encantó: "El futuro es un camino de una sola vía, solo que tú decides si gateas, caminas o vuelas por él".

-Pues si seguimos gateando hoy, no sé si vamos a llegar a ninguna parte responde Christophe.

Philippe con una mueca le pregunta a Christophe:

-¿Se te ha ocurrido interpretarlo?

Elena se ríe y añade:

-No a Christophe, solo literalmente.

Hernán mira a Jenna y le comenta en el oído:

-Tal cual, no nos adelantemos a lo qué va a pasar al llegar a Santiago. No quiero arruinar estos momentos contigo, aquí y ahora.

Christophe añade:

-Pues no sé si es literalmente o no, no estoy para interpretaciones, quiero seguir el camino y estar seguro de que conseguimos albergue. Cada vez hay más y más peregrinos.

Haydeé dice:

-Es verdad, cada vez hay más lo que va a hacer más difícil conseguir camas. ¿Seguimos?

Los chicos se paran, se colocan sus mochilas y al salir notan que está haciendo frío. Se ponen sus chaquetas y siguen el camino.

Jenna saca su teléfono y le escribe un mensaje a Hernán: "muchas veces siento que quiero gatear a Santiago, otras que quiero caminar y son muy pocas en las que siento que quiero volar".

Ella lo envía, sabe que Hernán no chequeará su teléfono hasta más tarde así que ella guarda el suyo.

Siguen caminando, pasan unos cuantos peregrinos que vienen caminando en dirección contraria. Se saludan.

-¿Por qué hay gente que va de regreso? ¿Adónde van? -pregunta Jenna.

-Hay un dicho que dice "El camino de Santiago empieza en la puerta de tu casa" y aquí en Europa cada vez es más común ver gente caminando desde Italia, Alemania, Suiza, Francia y caminando luego de regreso al punto de partida –contesta Hernán.

-¡Pero eso son meses! -dice Elena.

-Así es -dice Hernán.

-Me parece bien hacerlo de ida, no creo que podría de vuelta -dice Philippe.

En eso, el camino se hace más angosto y entran a Fonfría.

Se encuentran de frente con un hombre guiando ganado. El ganado ocupa todo el sendero, los chicos se hacen a un lado mientras pasan las reses.

Al seguir el camino ven sembradíos y huertos. Siguen caminando y deben esquivar las heces del ganado para no pisarlas. A un lado del camino hay una señora muy mayor trabajando la tierra.

Personal Glossary: (Place a number by the word and the reference here)

_____   _____   _____   _____

_____   _____   _____   _____

A Jenna le llama la atención, saca su cámara para tomar una foto y sin darse cuenta pisa una plasta de ganado.

-¡Cuidado con todo el pupú! -dice Haydeé.

-Muy tarde -contesta Jenna.

-El lado bueno de la cosa dice que tendrás siete años de buena suerte -añade Haydeé.

-No lo creo, siete días limpiando los zapatos para ver si les quito la mancha y el olor -contesta Jenna.

Escuchan unas carcajadas y una voz que dice:

-Abuelo, vamos a tomar otra, la voy a hacer con mi teléfono y se la enviamos a mi mamá después.

Al dar unos pasos más, después de una curva en el camino ven a una mujer, un chico y un señor mayor que ríen a más no poder.

El señor mayor está agachado encima de una plasta de diarrea del ganado.

El niño dice:

-Tía, tómale un video y yo una foto.

La tía dice:

-Aquí está mi papá después de todos los churros con chocolate que se comió, no hubo forma de convencerlo que estaba exagerando.

Los tres se dan cuenta de la presencia del grupo y el hombre dice:

-Esto fue idea de mi nieto y de mi hija.

Todos sonríen.

-Pero la idea está genial. A ver Christophe, tú no te salvas, es tu turno –dice Elena.

La mujer, niño y señor mayor sonríen y siguen su camino.

-La verdad que es súper cómico y si le coges el buen ángulo, parece real, está buenísimo –dice Elena.

A Christophe le hace gracia la idea así que le toman una foto.

Los chicos siguen hasta llegar a un albergue que tiene una choza que se ve de lo más interesante, pero al averiguar, ya no hay cupo. Así que deciden seguir caminando y logran llegar a Triacastela que es un poblado con varios albergues.

Esa noche después de que todos se instalan, se bañan y cenan, Haydeé comienza a tener dolor de estómago. Ella se para a menudo durante la noche para ir al baño, tiene diarrea.

Capítulo XXXVII

http://chirb.it/7s9nl7

Chapter 37

A la mañana siguiente, a Haydeé le sigue doliendo el estómago y lo primero que hace es ir directo al baño. Christophe y Philippe se encuentran con unos canadienses amigos que van a hacer la ruta pasando por Samos y al ser más larga esa ruta, deciden salir de una vez. Hernán, Jenna, y Elena acompañan a Haydeé a un ambulatorio, allí le toman la presión, la temperatura y le dan un líquido para hidratarla y unas pastillas para combatir la colitis.

Haydeé le dice a Jenna:

-No le digas nada a mi abuela para no preocuparla.

La enfermera interviene:

-Con estas pastillas ya te vas a sentir mejor, ya lo verás.

-¿Será que puedo caminar hoy? le pregunta Haydeé a la enfermera.

-Hay casos en los que la gente se siente bien en un par de horas, en otros al día siguiente. Si sientes las fuerzas de caminar, sigue adelante —responde ella.

Hernán saca su teléfono y revisa algo. Él escribe algo, ellos salen del ambulatorio y se dirigen a una cafetería. Allí desayunan y Haydeé solo toma un té con un pan tostado.

-¿Quieres seguir poco a poco o prefieres quedarte otra noche aquí? —le pregunta Hernán a Haydeé.

-Me pregunto si hay albergues en caso de que no me sienta bien y no pueda llegar a Sarria —contesta ella.

Hernán viendo su teléfono dice:

-Pues no hay sino uno en Calvor como a 13 o 14 km de aquí, hasta Sarria hay 18 km.

-Prefiero seguir. Confío en que voy a mejorar, cualquier cosa llamo a un taxi -contesta Haydeé.

-¿Y qué ves en tu teléfono? Nunca lo habías usado para consultar sobre el camino —pregunta Elena.

-Bueno, antes tenía mi guía del camino y teníamos a Philippe y al profesor haciendo las consultas también. Ahora este tramo es nuevo para mí, así que estoy consultando una aplicación – responde Hernán.

-¿Un app? –pregunta desconcertada Jenna.

-Sí, una app -contesta Hernán.

-¿Cómo te sientes? ¿Seguimos? –le pregunta Hernán a Haydeé.

-Pues tomé el té, comí la tostada y no he tenido que correr al baño... Pues, elijo... elijo...- Haydeé se interrumpe para ver el teléfono.

-¿El hijo de quién te llama? -pregunta Jenna.

Haydeé suelta una carcajada.

-Pues sí, ya me siento mejor... ¡Elijo seguir! Elijo de elegir, el hijo de nadie. Voy a seguir -dice ella haciendo una mueca de esperanza.

Jenna, Hernán y Elena se ríen del malentendido.

Ellos se preparan para seguir. Al salir de Triacastela caminan al borde de una carretera principal.

-¿Por qué no habías mencionado el app antes? –dice Haydeé.

-Te dice todo, y en la web puedes hasta hacer el camino virtual. Así, eso de planear absolutamente todo y verlo de antemano, pues no me interesa. Ya en el trabajo y en la universidad tengo todo el itinerario planeado. En las vacaciones me gusta que no todo esté medido, me gusta que el camino me sorprenda con un café o albergue que no estaba esperando encontrar. No sé, tampoco me llama la atención eso de estar todo el rato pendiente de la pantallita, ¿comprenden? -dice Hernán.

Hernán se le acerca a Jenna y le dice al oído:

-Prefiero verte a los ojos, y darte un beso de verdad que mandarte una sonrisita en un mensaje para decirte que sí, igual, quisiera ir a paso de caracol...

Hernán se dirige a todas y añade:

-Les cuento algo cultural, aquí en España cuando queremos ir a visitar a un amigo, no esperamos a que nos digan que pasemos por su casa y tampoco avisamos por teléfono... sencillamente vamos y nos presentamos en su casa. Es común, a veces llega una familia completa de visita. ¿Esa costumbre de llegar sin previo aviso, es común en sus países? -pregunta Hernán.

-Pues sí -dice Elena.

-Sí, sobre todo más en los poblados, ahora en el DF no lo he visto tanto, pero sí, sí es común -dice Haydeé.

Jenna se ríe.

-En los Estados Unidos para nada, eso es una invasión de privacidad, una falta de respeto... llegar de visita con toda la familia a casa de alguien cuando no te han invitado...no, ¡no!.. ¡terrible!- añade Jenna.

-¿Y a qué viene esa pregunta? -dice Elena.

-Pues que yo entiendo en parte la manera de actuar en los EE.UU, pero no me entra el bombardeo de privacidad que la gente decide hacer por teléfono. Eso de que la gente se dedique el día entero a enviar mensajes constantes para mostrar cualquier cosa que ven, que comen, que fotografíen todo y lo llenen a uno de interrupciones por teléfono que te sacan de lo que estás tratando de hacer, me parece no solamente un acto egoísta y egotista, sino de muy mala educación, una falta de respeto y de privacidad -concluye Hernán.

Las chicas caminan en silencio por un rato.

-Es cierto, nunca lo había visto así... dice Haydeé.

-Igual yo también prefiero la guía impresa. Pero nos tienes que dar la información para bajar el app, me parece genial – ¿sale? -dice Haydeé.

-¡Vale! -contesta Hernán.

Elena pregunta: ¿Cómo vas Haydeé? Alguna molestia?

-Nada, todo bien. Menos mal porque aquí con esta carretera no sé adónde me tocaría correr, capaz que le voy a hacer la competencia a la foto de Christophe y el señor de ayer... -añade ella sonriéndose.

Personal Glossary: (Place a number by the word and the reference here)

....

....

Finalmente salen de la carretera y van por una vereda llena de árboles que es una belleza.

Luego de unas cuantas bajadas, llegan no muy tarde a Sarria. Es un poblado grande, mucho más de lo que ellos habían imaginado.

Jenna dice:

-La verdad es que me hubiera gustado más quedarme en un albergue en ese pueblo chiquito.

-A mí tampoco me da mucha nota, ¿necesitan hacer alguna compra? -pregunta Elena.

Todos mueven negativamente la cabeza y siguen caminando. Van por una calle con una subida sumamente pronunciada.

Se detienen todos para respirar y tomar aliento, necesitan una pausa.

-Hernán, ¿por qué no haces las paces con el app y buscas que tan lejos está el próximo albergue al salir de Sarria? Mi libro no es tan nuevo y lo tengo al fondo de la mochila -le dice Haydeé.

Hernán revisa su teléfono y responde:

-Bien, apenas una hora más y estaremos en un prado verde de colinas para ver el atardecer.

-¿Y si no hay camas? –dice Jenna.

-No habrá problemas de camas, la mayoría se queda aquí en Sarria...

-¿Por qué no los llamas? Si es privado te aceptan la reserva, ¿verdad?

Hernán ya está hablando por teléfono y confirma que llegarán en una hora y media a más tardar. Les van a guardar cuatro camas.

-O sea que esto de la pantallita... ni muy muy, ni tan tan –dice Jenna sonriendo mostrándole el teléfono a Hernán.

Ellos caminan sin parar. En la última parte del trayecto ya se les está haciendo pesada la caminata y Haydeé siente súbitamente deseos de ir a un baño. No le queda otro remedio que adentrarse entre la vegetación y resolver el problema.

Finalmente al llegar, les sorprende una casa bellísima con jardines, unos bancos en el jardín para sentarse y disfrutar de la vista panorámica y el atardecer.

El albergue está lleno, ellos reciben las últimas cuatro camas. Se asean, limpian ropa, la cuelgan para secarla al aire libre y Hernán les cura unas ampollas a unos peregrinos usando el método de la aguja y el hilo.

El atardecer es excepcional. Muchos peregrinos están sentados viendo bajar el sol como si se tratara de ver una película. Jenna busca su armónica y la toca. Hernán está sentado junto a ella y la tiene abrazada.

Personal Glossary: (Place a number by the word and the reference here)

....

206

Luego van a cenar, en el mismo albergue hay un comedor. El salón está muy concurrido lleno de peregrinos. Al terminar de comer, ellos salen al patio. Allí hay un grupo de españoles que están alrededor de una fogata conversando en voz alta. Hay una mujer tocando guitarra y le preguntan a Jenna si desearía tocar su armónica. Ella toca algunas piezas y acompaña a la señora. Más tarde el frío se acentúa y poco a poco todos se retiran a las habitaciones.

Quedan solo Jenna y Hernán. Ellos se abrazan intensamente y se besan. Se miran a los ojos, vuelven a besarse. Hernán la toma por los hombros y la separa con delicadeza para controlar sus impulsos, se ven por largo rato.

Finalmente Jenna dice:

-¿Puedes ser mi saco de dormir esta noche? No estoy acostumbrada a este frío...

-Él la abraza y caminan juntos a la habitación, a oscuras tantean las camas y se meten juntos en una. Duermen abrazados toda la noche.

Capítulo XXXVIII

http://chirb.it/53kLLs

Chapter 38

*J*enna es la primera en levantarse y lo hace con sumo cuidado para no despertar a Hernán. Ella saca su diario y tableta de la mochila. Ve que Haydeé está despierta pero con ganas de quedarse en cama un rato más. Los demás duermen apaciblemente.

Ella sale y se sienta en un salón porque afuera está demasiado fresco. Apenas salen los primeros rayos del sol. Abre su diario y escribe:

Miércoles 3 de julio

Anoche dormimos juntos, abrazados sin que pasara nada, mi corazón latía muy fuerte al sentirlo junto a mí, pensé que todos escucharían el ruido de los latidos. Esta mañana al despertar y verlo allí junto a mí, tan cerca que sentía su aliento en mi cuello tuve que salir de la cama porque hubiera querido besarlo sin parar.

Estamos solo Haydeé, Elena, Hernán y yo.

Mariluz y el profesor se quedaron atrás y a Philippe y Christophe los perdimos ayer, se fueron por otro camino. Me encanta Galicia, el clima es frío por la noche y en el día puede hacer calor. Ya todo es verde, con montañas. Así como cuando comencé el camino en Roncesvalles, aquí hay una gran cantidad de flores, los árboles son imponentes.

Definitivamente, ahora sí sé que estoy enamorada de Hernán, lo quiero, ¡ya lo dije! ¡Listo! ¿Por qué me cuesta tanto?

Jenna cierra su diario y escribe en la tableta:

Querida mamá: *I'm in Galicia and this is beautiful. This is definetely the best experience of my life. I have met very nice people, many have become good friends. I also met a special guy, he's from Spain. His name is Hernán, we have been together for a while. I am excited about getting to Santiago de Compostela and having the satisfaction of having completed the camino. But I'm already hurting thinking about the goodbyes... It will take maybe three or four days to reach Santiago.*

Much love!

Entran unos peregrinos a la sala y ya comienza el movimiento, así que ella se va a la habitación y encuentra a todos ya despiertos preparando las mochilas.

-¡Buenos días! ¿Hasta dónde hoy? –pregunta Jenna.

-¡Hasta donde nos lleve el camino! –contesta Haydeé con una sonrisa.

Ellos se preparan para salir, dejan sus mochilas listas y salen a tomar el desayuno. Ven a muchos peregrinos pasar caminando.

-Ya estamos viendo a más del doble de los que veíamos al principio, ¿no les parece? –pregunta Elena.

-Sí, vamos a tener que grabar un mensaje automático "Buen camino" "Buen camino" -dice en chiste Hernán.

Después de tomar un café y una tostada, comienzan su jornada. El área es bellísima, hay muchos caballos y un potro que parece tener solo unos días de nacido. Jenna recuerda a Briggitte, la francesa que aparecía cuando Jenna veía animales en el trayecto. Seguro que le encantaría ver esta escena tan hermosa del potro y la yegua.

Ellos caminan y atraviesan varias colinas y valles, pasan a varios peregrinos. Hay jóvenes y gente mayor, todos haciendo el camino a su propio ritmo.

Algunos van absortos, con audífonos escuchando música, ajenos completamente al canto de las aves, de los posibles saludos y conversaciones con otros peregrinos. Otros parecen deseosos de entablar conversaciones y conocer a otros.

-Mira que hoy de verdad hay más gente que nunca, es que Sarria es la última ciudad grande a la que es fácil llegar por tren o autobús para comenzar el camino. Y claro ya hay muchos que empiezan las vacaciones – comenta Hernán.

Personal Glossary: (Place a number by the word and the reference here)

210

Mariluz y el profesor Rodríguez están camino a Sarria, dicen que podríamos llegar hoy a Mercadoiro o a Portomarín – dice Jenna leyendo un mensaje.

-Qué buen ritmo, ¿no habrán hecho trampa? –comenta Elena.

-Jamás podría imaginarme al profesor haciendo trampa – dice Hernán.

Llegan a un riachuelo, hay un paso estrecho por el que hay que pasar con cuidado para no llenarse las botas de agua. Allí encuentran a una mujer sentada en una roca que está sollozando.

Cuando se acercan para ayudarla entonces comienza a reírse a carcajadas.

-¿Está todo bien? –le pregunta Haydeé.

-¿Quién dijo que está todo bien? El mundo está patas arriba, todo está fuera de control... –dice la mujer.

Se pone a llorar, luego ríe descontroladamente. No parece estar bien de sus sentidos. La mujer los ignora por completo, saca un libro y se pone a leer como si nada.

Ellos siguen su camino.

-Cada loco con su tema –dice Elena.

El paisaje es hermoso, ellos toman muchas fotos a lo largo del camino.

El trayecto va varias veces por túneles de vegetación, es fácil de caminar, leves subidas y bajadas, pero por lo general es plano.

-Creo que este trayecto de hoy es el más hermoso –dice Jenna.

-A mí me encantaron los valles dorados sembrados de trigo y cebada - dice Haydeé.

-O Cebreiro –dice Hernán.

-La verdad es que es difícil, ha sido tan lindo, cada uno tiene su encanto, pero es verdad que hoy es espectacular –dice Elena.

Y caminando admirando el paisaje, tomando fotos y saludando a los muchos peregrinos, llegan al famoso mojón de los 100 km a Santiago. Se fotografían y continúan.

Al llegar al caserío de Morgade, ven una linda casa con un restaurante donde hay bastantes peregrinos. Ellos almuerzan allí. Luego prosiguen y suena el teléfono de Jenna, ella contesta y es su mamá. Jenna camina a paso más lento y se queda atrás mientras conversa.

Personal Glossary: (Place a number by the word and the reference here)

Cuando termina su conversación, se adelanta para alcanzar a sus amigos.

-¿Tu mamá? ¿Todo bien? -pregunta Haydeé.

-Bien, hacía días que no hablaba con ella. Me dice que hay un huracán en el Atlántico que está amenazando tocar a la Florida pero todavía no se sabe qué curso va a tomar. Faltan dos o tres días y dicen que hay un 70% de posibilidades de que no toque tierra…. Dice que si no hay complicaciones voy a recibir una sorpresa.

-¿Qué será? –le pregunta Haydeé.

-Ni idea, mi mamá es impredecible- contesta Jenna.

-Dos o tres días va a coincidir con nuestra llegada a Santiago -dice Hernán.

-Sí, eso va a ser nuestro propio huracán, ¿Cuántos días piensan quedarse en Santiago? -pregunta Elena.

-Depende, yo quiero ir a Finisterre, pero mi boleto de regreso a EE.UU es el 10 de julio, en una semana –dice Jenna- mirando fijamente a Hernán.

-El 10 de julio, ¡apenas en una semana! –comenta él.

-Nosotras vamos a quedarnos como cinco días, y también queremos ir a Finisterre, pero no vamos a caminar. O vamos en autobús o alquilamos un carro –dice Haydeé.

-Santiago es bellísimo y lo más increíble que noté cuando fui de visita es que pareciera que todos los peregrinos vuelven a encontrarse. Como todos se quedan por lo general dos o tres días, coinciden con otros en la catedral, o en las calles y restaurantes. Yo decidí hacer este camino por haber visitado Santiago. Me llamó mucho la atención ver a peregrinos llegar cada día, de tantas nacionalidades, ver sus actitudes y lazos de amistad con otros. Algo que no había visto antes, por eso estoy aquí – dice Hernán.

Continúan su camino y llegan a media tarde a Mercadoiro. Es un caserío en un sitio muy boscoso y pacífico.

-Mi abuela y el profesor dicen que no saben si llegarán a tiempo aquí. ¿Qué hacemos? -pregunta Haydeé.

-Depende de lo que queramos. Portomarín es un poblado grande y es parada principal en las guías. Muchos peregrinos se proponen hacer la etapa hasta Portomarín hoy y hasta Palas de Rei mañana. Nosotros podríamos quedarnos aquí hoy, así les damos chance a ellos de que nos alcancen -dice Hernán.

-Me parece un buen plan -dice Jenna.

-Me pregunto dónde estarán Philippe y Christophe, ojalá no los perdamos -añade Elena.

-Veamos si tienen camas -dice Haydeé.

Personal Glossary: (Place a number by the word and the reference here)

Capítulo XXXIX

http://chirb.it/k4LKxG

Chapter 39

*E*n unas mesas en el patio están Jenna, Hernán, Elena y Haydeé sentados junto a varios otros peregrinos. En ese momento ven cómo una chica va saliendo del albergue pero en vez de ver por dónde camina va mirando su teléfono y aparentemente escribiendo, no se da cuenta de los escalones y cae abruptamente, primero se golpea el brazo y la frente y al rodar más por la escalera, termina cayendo sobre una pierna. La chica grita. Todos corren a ayudarla. Cuando tratan de ayudarla a que se levante, ella se queja mucho del dolor en el brazo izquierdo y en la pierna. Grita del dolor.

-*Bloody stairs!* -dice la chica.

Tiene un morado en la frente y un bulto. También se ha raspado la mano y tiene una pequeña herida con sangre. Una chica sale corriendo del albergue y va a ayudar a su amiga tirada en el suelo. La chica llega junto a su amiga.

-*You alright?* -pregunta su amiga.

La chica que ha sufrido el accidente es una pelirroja de unos 20 años y con unos kilos de más. Hernán se agacha enseguida y trata de alzarla agarrándola por el brazo derecho. La chica comienza a llorar. Su amiga se agacha y trata de ayudar a Hernán. La chica vuelve a gritar de dolor. Ellos la dejan en el piso.

En eso llegan los hospitaleros, uno de ellos está hablando por teléfono:

-Sí, una chica que se ha caído, pareciera que se ha roto un hueso.

El hospitalero le dice a la chica y a su amiga:

-Ya viene una ambulancia, que no la muevan si le duele mucho. Si queréis podéis dejar vuestras mochilas y os las guardamos o os las lleváis, como queráis, no hay problema. Nosotros podemos cuidaros las cosas sin problema, la ambulancia va a llevarla a Portomarín.

La chica inglesa del accidente responde:

-No habla español.

-*Do you speak English?* -añade su amiga.

-*Very little... Ambulance coming now.*

Mientras Jenna les traduce lo dicho, se escuchan unas voces conocidas en la entrada del portón y al voltear Haydeé y Elena se dan cuenta de que están entrando al patio del albergue Christophe, Philippe y los amigos canadienses que se llaman Jack y Félix. Elena va a su encuentro y los saluda.

-I will go with you to the hospital to help you translate, is not sure that someone in the emergency room will know how to speak English –dice Hernán.

-Thank you very much! I'm going to look for our stuff; I'll be right back –contesta la otra inglesa.

-¿Quieres venir? –le pregunta a Jenna.

-Sí, claro – contesta ella.

La amiga de la chica se va a buscar las cosas. Elena y los recién llegados se suman al círculo de gente alrededor de la escena.

- ¿Qué le pasó? –pregunta Philippe.

-Se cayó y parece como si se hubiera roto un hueso –dice Elena.

Llega la ambulancia y vienen dos hombres con una camilla. La levantan con cuidado y la acuestan. Ella se queja de dolor. La llevan a la ambulancia. Sale la amiga cargando las dos mochilas. Un peregrino la ayuda a llevarlas a la ambulancia. Cuando Hernán y Jenna se acercan, se dan cuenta de que no caben tantas personas. Atrás se monta la herida con su amiga, suben las mochilas en el techo sobre una parrilla.

Hernán dice:

-Nosotros queríamos acompañarlas para ayudarlas con el idioma.

-Sí, pero es que no caben – dice uno de ellos.

-¿Crees que por lo menos uno de nosotros quepa? Estas no hablan una papa en castellano –dice Hernán.

-Bueno, uno adelante apretado con nosotros –contesta el hombre.

-Ve tú –dice Jenna.

-Quédate tranquila, tomas un baño, descansas, hablas con tu madre como lo tenías planeado. Yo ayudo con cualquier traducción que estas necesiten y me regreso en taxi -le contesta Hernán.

Ellos se besan y Hernán se monta en la ambulancia. El carro se va hacia Portomarín.

Personal Glossary: (Place a number by the word and the reference here)

....

....

Los peregrinos del albergue continúan con sus quehaceres; lavar ropa, curarse las ampollas de los pies, bañarse. Otros ya listos se sientan a conversar, leer, escribir en sus diarios. Se puede apreciar una linda tarde que promete una hermosa puesta de sol.

Mientras Philippe, Christophe y sus amigos van a asearse, las chicas se sientan en una mesa para conversar.

-Definitivamente cada vez hay más accidentes de la gente caminando porque andan distraídos con el teléfono- dice Haydeé.

-Es preocupante, hay gente que hasta ha muerto, cruzan la calle sin prestar atención, se caen por un precipicio, es horrible. Y yo tengo que confesar que en casa yo soy una de las que a menudo va caminando sin prestar atención de lo que me rodea, solo viendo mi móvil –dice Elena.

-Yo también, como ya saben –dice Jenna.

A Haydeé se le aguan los ojos. Con voz entrecortada dice:

-Una de mis amigas en el DF fue atropellada porque iba distraída enviando textos y precisamente cruzó la calle con la luz en rojo. Del impacto tuvo una contusión cerebral, estuvo en coma y después se le complicó con hemorragias internas... Sigue en cuidado intensivo. Es horroroso... es distinto ver las noticias, escuchar lo que pasa en el mundo; que matan a personas, que hay asesinatos, asaltos, que esto, que lo otro, es como que uno no lo entiende hasta que no lo vive con una persona conocida o en carne propia.

-¡Que Dios nos libre! –dice Elena.

-Siento lo de tu amiga –dice Jenna

Esa noche cenan en el albergue, la mayoría de las conversaciones están relacionadas con el caso de la chica. Todos se han puesto a narrar experiencias que han vivido en persona o con amigos por estar caminando o conduciendo mientras están distraídos usando el móvil. Se generan algunas discusiones ya que algunos más radicales critican a los que usan el móvil todo el tiempo y los acusan de tener una adicción, de no ser capaces de vivir sin sus móviles. Otros dicen que no y que hay gente que le tiene fobia a la tecnología y por lo tanto, lo justifican diciendo que los que usan el móvil con frecuencia son adictos.

Jenna recibe un mensaje de Hernán:

La chica se fracturó dos huesos, el húmero y el fémur. A ella le toca irse de regreso a Inglaterra. Ya le avisamos a sus padres, la vienen a buscar mañana para llevársela a casa. Yo ayudé con lo que pude, menos mal porque nadie hablaba inglés aquí. Pobre, me recuerda mi caso el año pasado cuando tuve que abandonar el camino por una fractura. Tomo un taxi y voy para allá, regresaré casi que a media noche, diles a los del albergue para que me abran. Besos...

Jenna les informa a los hospitaleros sobre el caso y la llegada tarde de Hernán. Ella va a la habitación, ya hay unos cuantos durmiendo, afuera hace un poquito de frío y ha comenzado a lloviznar. Jenna busca su diario y escribe:

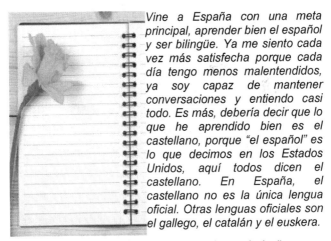

Vine a España con una meta principal, aprender bien el español y ser bilingüe. Ya me siento cada vez más satisfecha porque cada día tengo menos malentendidos, ya soy capaz de mantener conversaciones y entiendo casi todo. Es más, debería decir que lo que he aprendido bien es el castellano, porque "el español" es lo que decimos en los Estados Unidos, aquí todos dicen el castellano. En España, el castellano no es la única lengua oficial. Otras lenguas oficiales son el gallego, el catalán y el euskera.

Aquí en Galicia estoy viendo que el uso de la ñ es muy frecuente. El camino aquí se llama "Camiño". Yo pensaba que la Ñ era solo del español, quiero decir del castellano.

Haydeé, Elena y el resto entran y se acuestan. Hay un intercambio de "Buenas noches", "Hasta mañana", "Que duermas bien". Ella se acuesta en la litera de abajo y sigue recostada escribiendo con su linterna de cabeza:

Pero lo que siento ha sido más importante de todo y que no estaba en mis planes de viaje es mi transformación personal. Las experiencias del camino me están abriendo los ojos y creo que la razón por la que estoy disfrutando tanto este viaje y por la que me he abierto más como persona es porque ya no vivo distraída. Es cierto lo que dicen sobre una posible adicción, lo es en mi caso, tengo que confesarlo. Hoy finalmente lo vi con claridad.

Es triste que una chica se haya roto dos huesos, pero entre su accidente y las palabras de Hernán, lo veo bien claro. Mi adicción es el teléfono, perdón, debería decir era porque no solo me he dado cuenta, sino que ya casi llevo un mes sin usarlo como antes y es cuando he experimentado las mayores transformaciones en mí misma. Siento que los días duran más. Al llegar, me propongo hacer un horario. Rechazo estar las 24 horas disponibles a la merced de mi móvil, pendiente de cargarlo constantemente, pendiente de actualizarlo y contestar cada mensaje, seguir cada comentario, siempre estoy perdiendo todo el día. No pienso dormir con el móvil en mi almohada y solo conciliar el sueño por cuatro o cinco horas por eso. No, se acabó. Voy a tratar de pasar más tiempo real con mis amistades, el problema va a ser cómo voy a extrañar todo esto y a Hernán, y si no es por el teléfono, ¿Cómo vamos a seguir? Esto no va a ser posible...

Siente un beso en la nuca. Hernán ha llegado sigilosamente porque ya todos duermen y no quiere despertar a nadie. Jenna da un salto, cierra rápidamente su diario y casi grita del susto. Luego sonríe al ver a Hernán.

Capítulo XL

http://chirb.it/qcnDkp

Chapter 40

¡*F*eliz 4 de julio! Se dice Jenna al abrir los ojos. Es la primera vez que no va a vivir la rutina de los fuegos artificiales, comer perros calientes y la deliciosa torta de queso y fresas que prepara su mamá en un día como hoy.

Ella saca su tableta y le escribe un correo aprovechando que tiene internet en el albergue.

Mom, Happy 4th of July! I will miss you today.
Hope the hurricane changed its path! Love you!

Ella se levanta. Todos se preparan y salen al patio dispuestos a seguir. Jack y Félix no hablan muy bien el español, ellos se unen al grupo y ya es más difícil caminar e ir conversando en grupo. Así que a veces unos se alejan, otros se adelantan, pero por lo general se mantienen juntos.

Pasan por Portomarín, Gonzar, Ventas de Narón, Ligonde y llegan hasta Palas de Rei.

Llegan relativamente temprano en la tarde. Mariluz y el profesor Rodríguez llegarán con seguridad esa tarde a Palas de Rei. El grupo elige quedarse en un albergue privado y así ya reservan dos camas para ellos. El albergue tiene habitaciones para diez, así que ahora que se unen Jack y Félix, llenan una habitación. Los chicos salen a dar un paseo para conocer el pueblo.

Haydeé se queda en el albergue esperando la llegada de Mariluz y el profesor.

Personal Glossary: (Place a number by the word and the reference here)

_____   _____   _____   _____

Luego de caminar por los alrededores, consiguen un restaurante con buen ambiente, tienen un televisor de pantalla grande y están viendo un partido de fútbol bien animado, la gente está celebrando los goles.

Deciden comer allí, al rato llegan Mariluz y el profesor con Haydeé y después de los saludos y presentaciones, disfrutan de una rica comida. Al terminar el partido y ganar el equipo más popular, los dueños del restaurante deciden preparar una queimada e invitar a todos para celebrar.

Después, ellos dan otro paseo por las calles, ven a unos peregrinos estadounidenses que van vestidos con camisetas que tienen la bandera de los EEUU. Jenna los saluda y desea un feliz cuatro de julio. Siguen caminando y entran en un local donde hay música. Allí se quedan hasta bastante tarde, y se van a dormir entrada la madrugada.

A la mañana siguiente salen del albergue más tarde que nunca. Agradecen la flexibilidad de que les permitieron dormir hasta las ocho y pico de la mañana. Ya una vez listos para emprender la jornada a las nueve y media, el profesor saca su libro.

-¿A quién no le gusta el pulpo? –pregunta el profesor.

-¿Qué es? Preguntan Jenna, Jack y Félix.

-Creo que se dice *Octopus* en inglés –dice Hernán.

-¿Qué? ¿Comer pulpo? –pregunta escandalizada Jenna.

-Sí, es una exquisitez, es delicioso –dice el profesor.

-No, no –responden Jenna, Jack y Félix.

El profesor y Hernán sonríen.

-Melide es la ciudad famosa en toda España por el pulpo, pero no se preocupen pueden comer gambas, pescado, o lo que quieran. Propongo que vayamos directo para almorzar allí –añade el profesor.

-Ya lo tenía en mis planes también –dice Hernán.

Comienzan a caminar animadamente hacia Melide. El resto sigue, pasan por algunas aldeas rurales, entre ellas Leboreiro, una bonita aldea de aspecto medieval. Luego de unos 14 km llegan a Melide a horas del mediodía y se dirigen al famoso restaurante de pulpo a la gallega.

Al entrar ven que está totalmente lleno de peregrinos. Parece una atracción turística. La gente no solo degusta los platos sino que se toman fotos en el sitio.

Personal Glossary: (Place a number by the word and the reference here)

_____   _____   _____   _____

Consiguen espacio en un mesón de madera donde en una esquina se encuentran algunos peregrinos ya sentados comiendo. Todos se sientan y enseguida viene un hombre para tomar la orden.

-¿A ver qué vais a pedir?

Mientras todos piden agua, refrescos o cañas, Jenna se dirige a Philippe y a Hernán:

-¿Cómo se dice mussels en castellano? – pregunta Jenna.

-Músculos –contesta Hernán.

-Muy bien me encantan los músculos, ¿será que tienen? – pregunta ella.

Todos sonríen.

-¿No te basta con los míos? – pregunta Hernán haciendo un gesto de fuerza y exponiendo los músculos del brazo.

Philippe suelta una carcajada disfrutando el malentendido.

-¡Créeme que jamás voy a olvidarte! ¡Te adoro! – le dice Philippe plantándole un beso en el cachete a Jenna.

- Mejillones, lo que te gustan son los mejillones, no creo que tengan aquí, pero cuando lleguemos a Santiago te podrás dar banquete –dice Hernán.

Piden varias raciones grandes de pulpo para poner en el centro de la mesa y así compartir. También piden gambas a la plancha.

En lo que traen el pulpo, Mariluz le pide a Jenna que lo pruebe, que no se deje influenciar por el aspecto de los tentáculos. Jenna se niega, pero después de ver y escuchar las expresiones de todos diciendo lo exquisito que está, ella decide probarlo, y para su sorpresa le gusta. Prueba otro pedazo y aun le gusta más. Entonces come un poco de la papa con aceite de oliva que lo acompaña y encuentra que la combinación es deliciosa. Al final todos degustan el pulpo y piden dos raciones más. Jenna, Félix y Jack lo comen por primera vez, es una experiencia que les recuerda que no se debe decir nunca jamás. Al terminar la deliciosa comida Christophe comenta que lo que provoca es tomar una siesta y no seguir caminando.

Al salir del restaurante son las 2:30 pm, hace sol y sienten calor.

-Es muy fácil tirar la toalla pero yo no deseo quedarme en una ciudad otra vez, ¿nos animamos a seguir? – pregunta Haydeé.

La mayoría está de acuerdo, así que todos siguen. El trayecto al salir de Melide es muy agradable, hay unas cuantas subidas que con la pesadez de la comida y la flaqueza en las piernas que sienten aquellos que tomaron una cerveza se hacen un poco duras.

Pero la recompensa es que pasan por campos floreados, cruzan riachuelos y arroyos con puentes que parecen postales. En el trayecto hay tramos de carreteras y luego ya van por caminos de tierra. Christophe en un momento determinado al pasar por un hermoso paraje de árboles que brindan una magnífica sombra, decide acostarse de plano sobre el césped y tomar una siesta.

Personal Glossary: (Place a number by the word and the reference here)

A pesar de tener planeado llegar a Arzúa, luego de caminar unos 12 km llegan a un río muy caudaloso con un hermosísimo puente medieval. Se detienen para descansar y tomar fotos, es cuando se dan cuenta de que justo allí hay un albergue municipal. Se encuentran en Ribadiso. Deciden pasar la noche en ese albergue.

Jenna piensa que es uno de sus favoritos hasta ahora, los cuartos son magníficos, los baños amplios y limpios, tiene un jardín enorme que bordea el río y hay hasta lavadoras y secadoras. Todos tienen posibilidad de elegir la cama que más les gusta, lavan ropa y la cuelgan a secar.

Jenna después de bañarse se va al jardín y le envía a su madre la foto del pulpo en un mensaje de correo, contándole que ya está a dos días de Santiago. Le hace un video del jardín, donde se escucha el agua del río y se ve a varios peregrinos sentados o acostados disfrutando de la cálida tarde. Jenna, también se acuesta sobre el césped y disfruta plenamente ese momento.

Esa noche van a un restaurante que está al lado del albergue ya que no tienen ingredientes para preparar una comida. Además, luego del pulpo, no es que tienen mucha hambre. Muchos comen un solo plato, algo ligero. Al regresar al albergue, hay un grupo de italianos y Jenna reconoce a Luigi, se saludan. Los italianos están en la sala del comedor y ocupan casi todo el espacio, es un grupo grande. En los dormitorios, ya hay muchos durmiendo, el profesor, Christophe, Jack y Félix deciden acostarse.

Capítulo XLI

http://chirb.it/a5vt4y

Chapter 41

*J*enna, Hernán, Haydeé, Mariluz, Philippe y Elena se dirigen al patio que está detrás de los baños y lavandería. Allí, junto al río, está el jardín iluminado por la luna en creciente, ya casi luna llena. En el patio, divisan a un grupo de cinco personas sentadas en círculo en el césped. A medida que se acercan, Elena de inmediato saluda a alguien, cuando Jenna se da cuenta, ve a la señora Soledad, e increíblemente ve a Briggitte también. Esta se levanta y corre hacia Jenna para abrazarla. A Jenna se le aguan los ojos de la emoción. Luego va donde Soledad y la saluda, las otras personas con ellas son un hombre, un chico y una chica bastante joven. Soledad los invita a sentarse y participar con ellos.

-Hola a todos, bienvenidos, sentaros aquí con nosotros, os invitamos a participar -dice Soledad.

La otra chica, con fuerte acento español dice:

-Hola, soy Pilar, vamos sentaros, mucho gusto.

Todos se presentan y se agranda el círculo.

-¿A participar en qué? ¿Qué es lo que están haciendo? –pregunta Mariluz.

El hombre sonríe pausadamente, mira a todos con atención y dice:

-Soy Pablo, mucho gusto. Lo que estamos haciendo es reconocer con gratitud lo aprendido en el camino hasta el día de hoy.

-En dos días estaremos llegando a la plaza de Obradoiro en Santiago llorando de la emoción de haber llegado y con un torbellino de sentimientos al tomar conciencia de lo que el camino ha representado para nosotros, como nos ha cambiado, a la gente que hemos conocido, todas las despedidas que nos esperan.

-Será un momento bien cargado de emociones. Si hoy ya podemos reconocer un aprendizaje del camino, y lo compartimos en voz alta, afianzamos el sentimiento de gratitud, y nos ayuda a estar agradecidos y más conscientes durante el trayecto final.

El compartirlo en voz alta nos ayuda a afianzarlo, a tomar conciencia, nos inspira al escuchar a nuestros compañeros.

No es que tenemos que contar toda la experiencia, solamente buscar una frase, una idea, un dicho que represente esa emoción que cada uno lleva por dentro. Hay que decirlo de manera breve. Cada uno va tomando turnos, ¿tienen preguntas?– añade Pablo.

Hay silencio. Jenna se queda rato observando la camisa que lleva Pablo. Tiene el diseño de una concha del camino, dice *"Camino de Santiago: El dolor es temporal la gloria es para siempre"*

Comienza el chico sentado junto a Pablo:

-El Camino de Santiago es mucho más que la realización de un recorrido físico. No se trata del kilometraje, no se trata de llegar a la meta primero en el tiempo establecido, sino de prestarle atención a cada paso que damos, es igual que en mi vida, no debo solo pensar en "el día que me gradúe", "cuando tenga el carro que quiero", "el día que esa chica salga conmigo", no es que el disfrute llegará cuando alcance esas metas, el disfrute está en el cada día.

A su lado está Elena, ella continúa:

-El camino me ha enseñado a escuchar a los demás. Antes siempre quería ser la primera en tener la palabra, dar mi opinión y en tener la razón. No sé escuchar, estoy cambiando eso en mí y estoy agradecida.

Sigue Haydeé:

-Ha sido una aventura de constante descubrimiento, de alegrías, de felicidad, de gozo, de dudas. El caminar con otros ha sido maravilloso y cuando he caminado en silencio; he aprendido de mí misma, ha sido como meditar. Se me han ocurrido ideas, proyectos, cambios que quiero hacer. Estoy agradecida por todas las experiencias, por haber venido con mi abuela, por verla tan feliz después de tantos años, por todos a los que he conocido.

Personal Glossary: (Place a number by the word and the reference here)

....

A su lado está Soledad. Ella espera unos segundos antes de hablar, luego pausadamente, controlándose para no llorar dice:

-Siempre creemos que nuestra tragedia es la peor, que somos víctimas y que es una injusticia lo que ocurre en nuestras vidas, y es solo cuando tenemos la posibilidad de escuchar a otros que nos damos cuenta que hay muchos con problemas como los nuestros o inclusive peores- añade ella.

Jenna continúa:

-He aprendido a salirme de mi cáscara, a tener más confianza en mí misma. Estoy agradecida por haber controlado mi adicción al teléfono, por haber aprendido a ser yo, viviendo el presente y no una realidad virtual. También estoy agradecida por toda la gente tan maravillosa que he conocido.

Hernán que está a su lado le aprieta la mano a Jenna y dice:

-De haber llegado hasta aquí, por cada experiencia vivida y por las personas que han entrado a mi vida. El año pasado traté de hacer el camino y no lo pude terminar; me fracturé un hueso y tuve que abandonar, en aquel momento el camino para mí era hacer etapas lo más rápidamente posible, un fiel reflejo del mundo en que vivimos…. Competir, correr…¡siempre adelante! Esta vez, durante los primeros días volví a caer en la trampa de cubrir etapas, a costa de perderme lo imprevisto… Y entonces, finalmente creo que aprendí, hoy estoy inmensamente feliz por los imprevistos que ocurrieron en mi camino- concluye él apretándole la mano con fuerza a Jenna.

Luego de una pausa, sigue Briggitte:

-Que cumplir 50 no es una tragedia, estoy agradecida por la fuerza, y entusiasmo que siento cada día. Estoy agradecida por la energía tan hermosa del camino, por cada experiencia y por las personas que he conocido, porque estoy llena de vitalidad para mis segundos cincuenta – añade ella.

Personal Glossary: (Place a number by the word and the reference here)

_____   _____   _____   _____

_____   _____   _____   _____

Mariluz sentada al lado de Briggitte continúa:

-Primero que nada por estar aquí con mi nieta y compartir un sueño de muchos años. Segundo, porque pensaba que le había llegado el ocaso a mi vida sentimental, y aquí tan inesperadamente estoy experimentando sentimientos y emociones que creía nunca más sería capaz de vivir.

Jenna al escuchar a Mariluz, ve a Haydeé, ellas sonríen. Se les aguan los ojos a las tres debido a la emoción del momento y por lo que están compartiendo.

La chica joven añade:

-Estoy agradecida porque siento menos ganas de tener y muchas ganas de ser. De ser yo misma, no puedo creer que no necesito prepararme por una hora antes de salir cada mañana. Me siento más libre. He aprendido a vivir con lo justo, traje una mochila con muy poco y aún he ido dejando cosas en los albergues. He estado muy conectada con mi cuerpo, he curado ampollas de mis pies, he caminado con dolor en las rodillas, he sentido malestar y cansancio que me ha hecho parar y no poder dar un paso más, pero he salido para adelante y aunque a veces sentí ganas de abandonar, sé que lo voy a lograr, sí voy a llegar.

Philippe la observa, espera en silencio y cuando está seguro que la chica ha terminado, él toma su turno:

-Para mí ha sido salir de las cuatro paredes que conforman mi mundo, de darme cuenta de que más allá de Quebec hay muchas otras ideologías, creencias, formas de vivir, hay tantas personas diferentes a todo lo que he conocido, hay tanto ...tanto... tanto por aprender. Estoy agradecido porque sé sin lugar a dudas que lo que quiero estudiar es psicología, estoy agradecido por todos ustedes.

Finalmente, el señor Pablo añade:

-Estoy agradecido porque el camino me ha devuelto la fe de que existen personas dispuestas a compartir, ayudar, escuchar. He compartido emociones intensas, dolor, alegría, ilusión, sufrimiento, risas... estos han sido momentos que me han hecho seguir hacia adelante. ¡Qué mejor ejemplo de lo que acabamos de compartir cuando aquí estamos entre extraños! Gracias a todos.

El grupo se queda un rato más conversando en voz baja entre ellos hasta que retornan a las habitaciones a dormir.

Capítulo XLII

http://chirb.it/MfN7qs

Chapter 42

Son las dos de la madrugada, todos duermen y son muchos los que roncan. Hernán, mueve la cabeza de un lado para otro, parece sumergido en una pesadilla cuando repentinamente grita de una manera aterradora, el grito despierta a casi todos los peregrinos. Jenna y Philippe que son los que están en las literas contiguas se aseguran de que todo está bien. Es cuando se dan cuenta de que está dormido; Hernán se mueve y vuelve a gritar. Varios de los que duermen alrededor se sientan en sus camas, se prenden varias linternas. Se escuchan muchos ruidos de movimiento de sábanas. Jenna se levanta y se agacha a su lado, lo toca con cuidado en el brazo.

-¿Estás bien? –susurra ella.

-¿Mmmhh? –logra decir él al verla.

Jenna le sonríe, le besa la frente y se va a acostar de nuevo. Se escuchan unas risitas ahogadas de Philippe.

A la mañana siguiente, Jenna se despierta y ve que Hernán ya debe estar en el baño, está solo su mochila sobre la cama. Ella se levanta y se alista. Cuando va saliendo al baño ven que afuera están Mariluz con el profesor y Haydeé listos para salir. Luego del intercambio de "buenos días", Mariluz dice:

-Vamos a desayunar, los esperamos donde cenamos ayer.

-Perfecto –responde Jenna.

Veinte minutos después están Jenna, Hernán, Mariluz, el profesor y Haydeé en la cafetería. Es comiquísimo porque en la mesa de al lado hay unos peregrinos que no dejan de comentar lo del grito de la madrugada. Hernán no está al tanto de nada ya que no se ha percatado de lo ocurrido y mucho menos de que él fue el protagonista. Deciden no contarle nada por ahora. Cuando terminan de desayunar es que entran los canadienses y Elena. Estos les dicen que comiencen a caminar que más tarde los alcanzan. Así lo hacen. Los canadienses toman la mesa que dejan sus amigos ya que todas las demás están ocupadas.

Comienzan el trayecto con una subida un poco acentuada.

La mañana está bastante fresca, van caminando en silencio hasta llegar a la cima cuando se puede conversar sin tanto esfuerzo.

- ¿Te pasa a menudo? –pregunta el profesor.
-¿Qué? –responde Hernán.
-Pues no sé, ¿qué tenías?.. ¿pesadillas?
-¿Qué? ¿Ronqué mucho? ¡Qué pena! –contesta Hernán.
-Pegaste un grito que parecía de una película de terror! –dice Mariluz.
-¿Yo? – pregunta asombrado Hernán.
-Pues sí, y no una vez, dos. Pero estabas profundo, ¿no recuerdas que te toqué el brazo y te besé la frente? – pregunta Jenna.
-No, para nada –dice él.

Luego de unos segundos, después de pensar, Hernán añade:

-O sea que el tipo del que hablaban los de la mesa de al lado en el café, ¿era yo?
-Sí –dice Haydeé.
-Ni idea, además no recuerdo nítidamente sobre qué soñaba... no, no suelo pegar gritos, bueno... que yo sepa... termina diciendo él.

Siguen caminando y saludando a otros peregrinos, es un constante "Buen camino" tanto a las caras familiares como a otros que ven por primera vez.

Personal Glossary: (Place a number by the word and the reference here)

....

Continúan la caminata pasando por carreteras y por pequeñas aldeas. Cuando paran al mediodía a comer algo en un bar, vuelven a escuchar a varios peregrinos hablar del loco que gritó en la madrugada en el albergue. Se ríen entre ellos.

-El cuento ya es famoso –dice Jenna.

-Rechazo la fama, prefiero el anonimato –les dice Hernán a sus amigos.

Ellos comen un bocadillo y toman un descanso en Santa Irene.

Llegan a O Pedrouzo a las 2:30 de la tarde y ya no hay cupo en el albergue municipal. Deciden seguir caminando, preguntan en dos albergues privados y tampoco hay cupo. Salen de O Pedrouzo y se adentran en un hermosísimo bosque de eucaliptos. El libro del camino indica que este es el último bosque de este tipo. Ellos disfrutan plenamente de la caminata. Jenna toma fotos de los hermosos árboles. Divisa un par de botas colgado en una rama muy alta. Se pregunta cómo habrían llegado allí.

Después pasan por unos caseríos, y llegan a Lavacolla.

Este poblado en la antigüedad era donde los peregrinos hacían su parada para asearse y lavarse en el río para llegar a Santiago. Preguntan por un albergue y les dicen que el próximo está en Monte de Gozo a cinco kilómetros. En Lavacolla lo que hay son hoteles y hostales. Ya son las 5:00 de la tarde y ellos deciden seguir hasta Monte de Gozo, les atrae el nombre.

Personal Glossary: (Place a number by the word and the reference here)

_____ _____ _____ _____

_____ _____ _____ _____

Atraviesan varias carreteras, pasan por las estaciones de la televisión de Galicia, pasan cerca del aeropuerto de Santiago y finalmente llegan hasta Monte de Gozo. Es un complejo que ya ha perdido el encanto del camino. Una construcción masiva con camas para 500 peregrinos. Una cafetería moderna diferente a todos los encantadores bares del camino.

Lo bueno es que desde Monte de Gozo disfrutan de la vista de Santiago de Compostela. Al día siguiente solo tendrán que bajar caminando bordeando la carretera nacional y por la ciudad hasta llegar a Santiago. Será una caminata a lo sumo de hora y media. Podrán conseguir cupo en un albergue u hotel con tiempo antes de que lleguen muchos peregrinos, podrán buscar su documento en latín "La Compostela" certificando que han hecho el Camino de Santiago y lo más especial es que podrán entrar a la Catedral a tiempo. Así podrán conseguir sitio para sentarse y ver el botafumeiro, que es como esparcen el humo de incienso en un acto ceremonial y representa uno de los símbolos más importantes de la misa.

El grupo se fotografía junto a todos los monumentos que hay en Monte de Gozo.

Sale la luna, la luna llena será al día siguiente cuando oficialmente hagan su entrada a la santa ciudad de Santiago. Santiago de Compostela junto con Roma y Jerusalén son las tres ciudades santas patrimonio de la humanidad.

Ellos cenan y disfrutan de la vista nocturna de la ciudad. Más tarde, Hernán y el profesor van a recorrer el albergue, a buscar recomendaciones sobre dónde quedarse en Santiago, mientras las mujeres van a lavar ropa. Jenna saca su diario para escribir. En eso se da cuenta de que su mamá ha tratado de llamarla tres veces, todas aparecen como llamadas perdidas. Probablemente no habría señal. Al ver la hora se da cuenta de que es muy tarde para llamar a los Estados Unidos, decide que la llamará al día siguiente. También encuentra un mensaje de Elena, le dice que se quedó con los canadienses en O Pedrouso y que al día siguiente piensan salir a las 5 de la mañana para llegar a tiempo a la misa del mediodía.

También encuentra un mensaje de Roberto. Comenta que tocó en el castillo de Ponferrada y que sigue haciendo su camino, estima que llegará a Santiago en unos dos o tres días. Les envía muchos saludos a todos y le pide que se mantenga en contacto.

Está agotada por la caminata tan larga del día de hoy. Le duelen los pies y los hombros. Se recuesta un rato porque se siente aturdida, ¡qué mezcla de sentimientos! Sí... qué satisfacción que ha logrado hacer el camino y que mañana llega a Santiago, pero qué dolor tan grande que ya termina, que ya en unos días tiene que volar de regreso a Miami. Con los ojos llenos de lágrimas, se queda dormida.

Capítulo XLIII

http://chirb.it/LPJDbq

Chapter 43

El lunes 8 de julio es el día que ellos llegan a Santiago de Compostela....

¿ ... ?

Volume III is the last one of the series "Buen Camino – A Spanish Language Listening & Reading Learning Adventure". The series has called for significant reader participation by not offering a glossary and asking Spanish language students to create their own.

For the end of this story, students are encouraged to write the last chapter and invited to upload submissions by March 30, 2017 to enter a writing contest.

More details in:

http://buen-camino.weebly.com/contest--writing-entries-2017.html

See the last section for questions to guide your writing and find below some pictures of Santiago de Compostela and of Finisterre. There are a couple of photographs showing the author finishing the camino.

Llegando a la ciudad de Santiago de Compostela.

La Catedral de Santiago de Compostela.

Vista de la Catedral y de la Plaza de Obradoiro.

En la Plaza de Obradoiro.

Entrada al Hostal de los Reyes Católicos en la Plaza de Obradoiro.

Misa para dar la bienvenida a los peregrinos de todo el mundo en la Catedral de Santiago.

Botafumeiro durante la misa.

Restos del apóstol Santiago en la Catedral.

Peregrinos celebran y descansan su llegada a Santiago sentándose y acostándose en la Plaza de Obradoiro. Así van encontrando a otros amigos del camino.

La tuna de estudiantes de Santiago toca por las noches.

Vista nocturna de La Catedral de Santiago.

La autora al llegar en su primer viaje a
Santiago de Compostela y en la foto de abajo en Fisterra.

Vistas de Fisterra (conocida como Finisterre en inglés).

Puesta de sol con la escultura de la bota del peregrino.

Tu Glosario Personal

Escribe aquí las palabras nuevas y el significado:

¡A escribir y a conversar!

Ideas para escribir el último capítulo: el final de la historia. La actividad central de este último volumen es darle al lector la oportunidad de crear el final de la historia. A continuación, las preguntas que pueden ayudar en la escritura:

A- ¿Cuál es la sorpresa de la que habló la mamá de Jenna?

_____

B- ¿Habrá tocado tierra el huracán en la Florida?

_____

C- ¿Qué va a ocurrir con Jenna y Hernán?

_____

D- ¿Qué va a ocurrir con Mariluz y el profesor Rodríquez?

_____

E- ¿Qué otras ideas tienes con respecto a los otros personajes?

_____

F- ¿Van a poder visitar Fisterra en autobús o el viaje concluye en Santiago?

_____

G- ¿A cuántas otras personas se encontrará Jenna en Santiago? ¿Alguna importancia para el relato final?

_____

H. ¿Cuál es el último escrito en el diario de Jenna?

IF INTERESTED in participating in the writing contest for the best ending for Buen camino, visit:

http://buen-camino.weebly.com/contest--writing-entries-2017.html

Submit the information as stated in the website.

Deadline: March 30, 2017

55928024R00139

Made in the USA
Lexington, KY
06 October 2016